星の子

今村夏子

朝日文庫

本書は二〇一七年六月、小社より刊行されたものです。巻末に収録した対談の初出は、「群像」二〇一八年二月号の野間文芸新人賞受賞記念対談です。

目次

星の子

1

小さいころ、わたしは体が弱かったそうだ。標準をうんと下回る体重でこの世に生まれ、三カ月近くを保育器のなかで過ごしたそうだ。

父と母の話によると、退院してからがまた大変だったらしい。母乳は飲まないし、飲んでも吐くし、しょっちゅう熱をだすし、白いうんちをだすし、緑の絵の具のような鼻水をだすしで、両親はわたしを抱いて家と病院のあいだを駆け回る毎日だったという。生後半年目のとき、最初は顔にポツポツとあらわれた湿疹が、わずか一週間で全身に広がっていったそうだ。中耳炎にかかったときの激しい泣き声も、胃腸炎でたてつづけに吐いたときも、身を引き裂かれるほどつらかったけど、湿疹の症状がそばで見ていて一番つらかったわよ、と母がいっていた。専門医にすすめられた薬を塗ってみても、ありとあらゆる民間療法を試してみてもよくならなかった。ミトンをはめられた小さな手がふびんでならなかったよ、と父がいっていた。

真夜中にかゆみで泣き叫ぶわたしのそばで、なすすべもない両親は一緒になっておいおい泣いたのだそうだ。五歳だった姉もつられて泣きだし、それを合図に近所の犬たちが一斉にワンワン吠えだす……。それが毎晩つづくものだから、うちには苦情が絶えなかったそうだ。もちろん、全然覚えていない。

当時、母は専業主婦で、父は損害保険会社に勤めるサラリーマンだった。父は、生まれてまもない我が子について抱える悩みを、会社でぽろっと口にした。たまたま父の話をきいた同僚のその人は、それは水が悪いのです、といった。は？　水ですか？　水です。

翌日、プラスチック容器に満タンに入れられた水を、父はその人から渡された。「この水で毎朝毎晩お嬢さんの体を清めておあげなさい」といわれた。タダだというから、もらって帰った。

「落合さんがいうには、ごしごしこするんじゃなくて、水に浸したタオルで湿疹がでてるところをやさしくなでるだけでいいんだって」

「うんわかったやってみる」

母はできることはなんでもすると決めていたので、父がきいてきたやりかたで、早速その晩わたしの体を洗った。その夜は、いつもより夜泣きの回数が少なかったそうだ。翌朝もわたしの体を洗った。その晩も、その次の日の朝も。一日二回。いわれたとおりにした。お風呂に入れると必ず泣いていた子が、水を変えただけで気持ちよさそうに身を任せてくることが、まず不思議だったという。三日目、目に見えて肌の赤みが引いていた。かゆみでむずかることが少なくなり、夜は泣いている時間より眠っている時間のほうが長くなった。母の日記を読むと、水を変えて二カ月目で、「治った！　これは、治ったといえる！」と書いてあるから、たぶんそうなのだ。

父がもらってきた水は、湿疹や傷に効くだけではなかった。両親とも、この水を飲みはじめてから風邪ひとつひかなくなった。飲み水や調理用としても万能で、砂糖もみりんも入ってないのに、ほんのりと甘いのは、水自体が生きているからなのだそうだ。これを使って煮炊きすると食材のカドが取れて仕上がりがまろやかになります、とパンフレットの説明にはそう書いてあった。父ははじめのころ、水の容器がからになると会社に持っていき、新たに満タンの容器と交換してもらっていたのだけど、三回目からは、悪いのでこちらで購入させてもらいますとことわって、パンフレットと注文カタログをもらってきた。

水は、『金星のめぐみ』という名前で通信販売されていた。パンフレットには小さな文字で十数行にわたってびっしりと効能が書いてあった。免疫力向上、美肌、高血圧、低血圧、虫刺され、右脳の活性化、虚弱体質……。とにかくなんにでも効くということだ。カタログをめくると、野菜やお菓子や調味料やサプリメントの販売もあった。後ろのほうのページには杖や、衣料品、めがね、家具なんかも掲載されていた。母はまず水を変え、次いで食材を変えた。母が食材を変えて思ったこと……。「私は今まで一体何を子供達に食べさせていたのか？」「毒を与えていたも同然！」

そのころの母の日記には、わたしの飲んだもの、食べたもの、睡眠時間、おしっこの色と回数、うんちの色と状態と回数、体温、脈拍、体重、顔色、舌の色、白目の色、その日に着た服の素材が逐一記録されている。水と食材を変えたおかげで、わたしは成長とともに健康になっていき、母の記録もじょじょにシンプルになっていった。三歳で脈拍と服の素材のチェック項目がなくなり、四歳で体重と白目がなくなり、小学校に上がるころには、食べたものと体温とうんちの状態だけが記されるようになった。そのうち、母は日記自体つけるのをやめてしまった。半分以上が白紙のままの十年日記は、捨てるのももったいないので、わたしが中学三年生のときの社会科のノートになった。持ち運ぶには重たいから学校の机のなかに入れっぱなしだった。ひまつぶしにたまにめくって読んでいると、クラスメイトがのぞきこんできたりした。

「顔色良好、舌異常なし、左目わずかに充血……ってなに。毎日こんなの書いてるの？」ときかれれば、「昔お母さんがつけてたんだ。これお母さんの字だよ」とこたえた。

「うんちの色、だって。ぎゃはは」

みんなおもしろがった。

母は自分の日記が中学生たちに読まれているなんて想像もしなかっただろう。日記を書いていたことすら、覚えているかどうかあやしい。学校で使うノートがほしいといったわたしに、使いかけでよかったらそのひきだしに入ってるからどれでも持っていいわよ、といったから、そのとおりにしただけなのだけど。

わたしの湿疹が金星のめぐみのおかげで完治した話は、奇跡の体験談として顔写真付きで会報誌に掲載された。母の日記には、そのときの記事の切り抜きも一緒にはさんであった。

カメラのほうを向いてにっこり笑う小さなわたしの体を、父と母が両側からぎゅっと抱きしめている写真だ。ふたりともわたしのほっぺたに顔をくっつけて、幸せいっぱいの笑顔を見せている。

2

五歳のとき、落合さんの家へいった。落合さんは父の勤めていた会社の同僚で、金星のめぐみをすすめてくれた人だった。もし落合さんと出会わなければ、両親はもっと長いあいだ苦しむことになったかもしれない。当然、わたしも。

落合さんの家はお城に見えた。大人の目から見ても豪邸には変わりないのだろうけど、当時は小さかったからなおさら圧倒された。重たそうな、焦げ茶色の立派な玄関扉を開けて出迎えてくれた落合さんの第一印象は、「鼻が長くて紫色のめがねをかけているおじさん」だった。

「ちーちゃんのかいかい治してくれたおじちゃんだよ」

父からは、落合さんのことをそんなふうに紹介された。

「こんにちは、ちひろちゃん。はじめまして。よくきたね」

「こんにちはッ」

「やあ元気だ。まさみちゃんは、二回目だね。こんにちは。すっかりお姉さんだね」

「……」

「ほら、まーちゃん。ごあいさつは？」

「……」

当時十歳だった姉のまーちゃんもいた。まーちゃんは外ではおとなしい少女だったので、母のスカートの陰に隠れていた。

落合さんの後ろには、ピンクのエプロン姿の奥さんが立っていた。ふっくらとしたほっぺたもピンク色だった。こちらをのぞきこむように小首をかしげて、「ちーちゃんね」とほほえんだ。

廊下の壁には額縁入りの絵画が飾ってあった。ぶかぶかのスリッパを引きずりながら、リビングに向かっている途中、ふと見上げた落合さんの頭の上に、白いものがのっていることに気がついた。後ろを振り向くと、笑顔の落合さんの奥さんと目が合った。奥さんの頭の上にも、白いものがのっていた。わたしはなんだかおかしくなった。落合さんと奥さんが頭の上にのせているのは、白いタオルだったのだ。テレビドラマなんかで、お風呂に浸かっている人が頭の上にのせているような。わたしが笑っていると奥さんもウフフと笑った。

リビングのソファはひまわりの柄だった。いきおいよく座ると、お尻が沈みこんで後ろにころんと引っくり返った。大人たちは笑い、奥さんが背中に当てる用のクッションをいくつも持ってきてくれた。ソファの前の低いテーブルには、思わず叫び声を上げてしまいそうなくらい、おいしそうなお菓子が並んでいた。クッキー、ロールケーキ、チョコレート、キャンディー、ひと口サイズにカットされた色とりどりのフルーツ、おせんべいやポテトチップスもあった。

わたしは夢中で食べた。奥さんが運んできてくれたオレンジジュースを飲み干し、おかわりした。数年前まではほんの少しでもお菓子のたぐいを口に入れると全身に湿疹がひろがって大泣きしていたというのに。

のちに父からきいた話によると、このときの落合さんは「まさに奇跡を目の当たりにしたような顔」をしていたそうだ。

「落合さんのおかげです。ありがとうございます」と父が頭を下げると、落合さんは「わたしはなにもしておりません。水の持つパワーと、ご両親の熱意のたまものです」といったという。わたしは断片的にしか覚えていないのだけど、この日、落合さんの家で見聞きしたことは父と母にとってよほど刺激になったようで、月日がたっても我が家ではたびたび話題にのぼった。

「はいどうぞ」奥さんが、わたしのジュースのおかわりを運んできた。「……あら。まーちゃんは、オレンジジュース嫌いだったかしら」

わたしの隣りに座っていたまーちゃんは、まだ一度もコップに口をつけていなかった。奥さんがストローを差してすすめたけど、手を伸ばそうともしなかった。奥さんの手作りだというケーキやクッキーもさっきから全然食べていなかった。

「まーちゃん、これおいしいよ」

手に取ったお菓子を顔の前に近づけると、まーちゃんはわたしをきっとにらんだ。

わたしはまーちゃんのぶんまで食べて、まーちゃんが飲まなかったジュースまでがぶがぶ飲んだ。その結果、何度もトイレにいくはめになった。

何度目かのトイレのあと、リビングに戻ると、落合さんがさっきまで頭の上にのせていた白いタオルを手に取って、真剣なようすでなにやら父に語りかけていた。

父と母は熱心にうなずいていた。

「お試しになります？」

奥さんがすっと席を立った。

少したって、奥さんはトレーを手に戻ってきた。トレーの上にのっていたのは洗面器と白いタオルだった。洗面器には水が張ってあった。父は落合さんのいうとおりに洗面器の水にタオルを浸し、軽くしぼったものを折り畳んで頭の上にのせた。

「ア……、ア、なるほど……」

「どうですか」

「なるほど。こういうことですか」

「巡っていくのがわかるでしょう」

「わかります」

タオルは四枚あった。母がわたしとまーちゃんのぶんを水に浸して、それぞれの頭の上にそっと置いた。「つべたあい」クックッと笑うわたしの横で、母も同じように水に浸したタオルを頭の上にのせた。

「女性会員のなかにはこれで赤ちゃんを授かったっていうかたもいらっしゃるんですよ」奥さんがいった。

「ほんとに……、すごい……」

「特別な生命力を宿した水ですからね」

「そういわれてみれば……」

「お感じになりますか」

「ええ、うまくいえないですけど……、冷たいんだけど、あったかいっていうか。こう、今も肩のあたりがじわじわじわじわっと……。ねえ、ねえお父さん」

「うん、わかる」

父が目を閉じてこたえた。

『身体のなかで宇宙に一番近い部位であり、また全身の神経が集まる場所でもある頭頂から直接働きかけることにより、血液中のリンパ球がより一層刺激される』……と、パンフレットにはこんなふうに書かれているのだった。

「毎日つづけるといいですよ。さすがに会社では目立つのでわたしも控えてますがね」

「ご自宅で」

「そう、こんなふうに自宅でね」

「シミやしわにもよろしいんですよ」

「ヒステリーにもね」

「まあ」

「アハハハ……」

わたしが「お風呂屋さんごっこしてるみたい」というと、「いい湯だなあ」と落合さんが節をつけて歌いだし、みんな笑った。タオルがずり落ちないように、食べたり笑ったりすることは難しかったけど、ゲームをしているみたいで楽しかった。まーちゃんだけは、母にのせられたタオルをすぐに取ってしまった。コップの脇に置かれた湿ったタオルは、一度も使われていないおしぼりと見分けがつかなくなっていた。

帰りの電車のなかで、父と母は、落合さん夫婦と交わした会話の内容をもう一度じっくり味わうように口にしていた。

「冗談なんておっしゃるのね」

「おどろいた。会社じゃダジャレのひとつもきいたことないぞ」

「奥さんもすてきなかた」

「前にお会いしたときと雰囲気がちがって見えたな」

「髪型のせいじゃない？　運動会で見かけたときはわたしと同じくらいの長さだったわよ」

「そうだったかな」

「あのときから仲のよさそうなご夫婦だなと思ってたの」

「うん、あのご両親ならひろゆきくんがよくなるのも時間の問題じゃないかな」

「そうね。両親が笑顔でいるって子供にとって一番大事なことよ」

「うん。あの夫婦見てると特にそう思うよ。ひろゆきくんは恵まれてる」

「なにくん？」と、それまで無言でコアラのマーチを食べながら車窓から外の景色を眺めていたまーちゃんが振り向いた。

「え？」

「なにくん？」

「ああ、ひろゆきくん？」

「ひろゆきくん、って誰？」

「ひろゆきくんはね、落合さんの息子さん」

「ふーん。あ、まゆげコアラ。見て」

わたしの顔の前にまゆげコアラを差しだしたまーちゃんは「欲しい？」ときいた。

「いらない」

「あげない」

まーちゃんはまゆげコアラをポイと口に入れてさくさくさくとよい音をさせた。

落合さんの家ではなにも口にしなかったけど、本当はお腹がすいていたのだろう。

駅の売店でジュースとお菓子を買ってもらって、まーちゃんはごきげんだった。

わたしは食べ過ぎて苦しくなったお腹の上に両手を置いて、窓の景色をぼんやり眺めていた。進行方向に背を向けて座っていたせいか、自分が景色に突き飛ばされていくような、妙な居心地の悪さを感じていた。ジュースをごくごく飲んで饒舌になったまーちゃんがきいた。

「そんで、落合さんの息子がどうしたの？」

「病気なんだよ。ひろゆきくんは」と父がいった。

「ふーん。なんの病気？」

「ひと言じゃいえないような、難しい病気だよ」

「ふーん。死ぬの？」

こら、と母がまじめな顔をしていった。

「死にはしないよ。病気にも色々あるけどね、ひろゆきくんのはそういう病気じゃないんだ」

「どんな病気？」

「話せないんだ」

「なんで？」

「話せない。えーとね、まーちゃんやちーちゃんみたいに、おしゃべりすることができないってことだよ」

「……それって、声がでないってこと？」

「そう」

「もう二年になるっておっしゃってたかしら」

と母がいった。

「ああ。ひと口に二年っていっても、本人と親御さんからしてみれば途方にくれるような長さだろうなあ」

「なんで病気になっちゃったの？」

「原因不明だって落合さんはおっしゃってたよ」

「原因がわかれば治療法も見つかるんでしょうけどね」

「うん……。なにしろある日突然声がでなくなったっていうんだから」

「なんで？　カゼ？」

「風邪じゃない。原因がね、わからないんだよ」

「入院してるの？」

「ひろゆきくん？　いや、家にいるよ」

「家って？」

「さっきお邪魔したおうちだよ」

「落合さんの息子、いたの？」

「うん、二階にいたんじゃないかな」

「まーちゃんは一度会ったことがあるのよ。覚えてないかしら。お父さんの会社の運動会で」

「そうそう。落合さん夫婦と一緒に小学生の男の子、いただろう」

「覚えてない」

「あのころはまだ元気いっぱいだったなあ。風船割り競争でひろゆきくんのだけ全然ふくらまなくて、本人泣きだしちゃったんだよ、たしか」

「そうそうそう、顔真っ赤にしちゃって。かわいかった」

「落合さんが走っていって代わりにふくらませてやってね」

「そう。手つないでゴールしたのよ。拍手が起こって」

「そうだったそうだった」

「まーちゃん思いだした？」

「ううん。運動会のとき、お父さんがリレーでこけたのは覚えてるよ」

「それは忘れていいの」

「あはは」

わたしは黙って両親とまーちゃんの会話をきいていた。次第に軽い吐き気がこみ上げてきたのは、まーちゃんの飲んでいるぶどうジュースのにおいのせいかもしれなかった。それは何度も借りるはめになった落合さんの家のトイレのにおいに、似ていなくもなかった。口を開くと吐きそうなので、下を向いてぎゅっと目をつむっていた。

落合さんの家のトイレには、花がたくさん飾ってあった。壁には小さなサイズの絵も飾られていた。入った瞬間とてもいいにおいがした。思わず深呼吸したほどだ。最初の一回だけ、落合さんの奥さんについてきてもらった。わたしが用を足し終えるまで、ドアの外で待っていてくれた。二回目からはひとりでも平気だった。

合計何回いったか数えられないほど、トイレとリビングのあいだを往復した。何度目かの用を足しにいったときだった。すっかり慣れた手つきでトイレのドアノブを回そうとしたら、うまく回らなかった。いくら回そうとしてもノブはびくとも動かなかった。両手を使って力任せに動かそうとしたら、

「は、入ってますっ」

ドアの向こうから声がした。

わたしはびっくりしてしまって、とっさにドアノブから両手を離した。おしっこは

一瞬で引っこんだ。早足で廊下を戻っていった。

リビングでは、ちょうど落合さんが頭の上のタオルを手にとって、父になにやら話してきかせているところだった。そのあと奥さんがタオルと洗面器を持ってきて「お風呂屋さんごっこ」がはじまったのだった。

トイレに誰かいた――。そのひと言はいいそびれたままだった。次にトイレを借りたとき、おそるおそるドアノブに手をかけてみると、すんなり回った。なかは変わらずいいにおいで、わたしは安心して用を足した。

「またきてねえ～」

落合さん夫婦は門の外まででて、わたしたち一家を見送ってくれた。

「バイバーイ」

わたしも、何度も振り返りながら手を振った。少しずつ遠ざかっていくお城のような家の二階の窓をふと見上げたら、一番手前の部屋の青いカーテンが三角にめくれていて、そこから怖い顔でわたしをにらみつけているデブの男の子と目が合った。

「またきてねえ～」

落合さん夫婦はわたしたちが角を曲がりきるまで手を振りつづけていた。

トイレからきこえた声のことを、結局わたしは両親にいわなかった。というかいえなかった。カーテンの陰からこちらをにらむ目は、本気で「いったら殺す」といっていた。

その日、帰宅してから、父は早速落合さんのまねをしはじめた。寝る直前まで頭の上に水に浸したタオルをのせて、夕飯を食べたりテレビを観たりした。翌朝は「落合さんのおっしゃったとおりだ。羽根が生えたみたいに体が軽いぞお」といい、母にも実践するようすすめていた。

パンフレットをよく読むと、この水を体に取り入れることで改善される諸症状のなかには不妊や便秘と並んで「薄毛」というのもあった。落合さんの髪はふさふさだけど、父はスタートが遅かったからだろうか、これに関しては残念ながらまったく効果があらわれなかった。

3

小学二年生のときに、「雄三おじさんお水入れかえ事件」というのが起こった。

母の弟である雄三おじさんは、ことあるごとにうちにきて、両親との話し合いをこころみていた。「だまされてる」「たのむから目を覚ましてくれ」と母の肩を揺さぶっている姿を何度も目にした。

「子供たちがかわいそうだと思わないのかっ」

雄三おじさんがおみやげに持ってきてくれたプリンを食べているわたしとまーちゃんを指差していった。

まーちゃんはともかく、わたしはちっともかわいそうではなかった。両親はやさしかったし、プリンはおいしい。

そういうときの母は、「まあまあ雄ちゃん。そんな、大きな声だしたらご近所さんびっくりするじゃない」と、のんびりしたようすで雄三おじさんにお茶をすすめた。

父は父で、雄三おじさんがなにかいうたびに「うーん」「そうだねえ」「考えてみるよ」と、大体いつも口にすることは同じだった。実際、目の前の雄三おじさんが一体なにに対して怒っているのかが、いまいちピンとこなかった。ひとりだけ仁王立ちになり、顔を真っ赤にしてつばをまき散らすこともあったのだ。みんな座ってお茶を飲んでいるのに。

その雄三おじさんが、ある日を境にちっとも怒らなくなった。いつものように予告なしにやってきたおじさんは、玄関で靴を脱ぎながら母の頭の上に目をやった。頭の上にタオルをのせることを嫌っていて、いつもならここで母の頭頂部を引っぱたくようにしてタオルを払い落とすのだ。

雄三おじさんの視線に気づいた母が、慌ててタオルを取ろうと頭上に手を持っていきかけたとき、おじさんの口から信じられない言葉がでた。

「ああ、いいよいいよ、そのままで」

きょとんとしている母に向かって、「だってそれ大事なんだろう」と、ほほえみさえ浮かべてそういったのだ。その日、雄三おじさんは座布団の上にあぐらをかいて、母のすすめたお茶を飲み、自分の持ってきたおみやげのシュークリームをわたしたちと一緒に食べた。

「金星のみのり、だっけ。このお茶もその水でいれたの？」と湯吞みを傾けて母にきいた。

「うん。金星のめぐみ。そうよ。わかる？」

いつもとようすのちがうおじさんに戸惑いつつも、母はうれしそうだった。

「なんか、わかる気がするよ。味が、なんか……」

「甘い？」

「ああ、そうだね。甘いね」

「でしょう！　おかわりは？」

「もらおうか」

「雄ちゃんこれ何本か袋に詰めたげるから持って帰りなさい。ほら、しんちゃん背が低いの悩んでるっていってたじゃない。毎日飲ませてあげるといいわ」

「ええ？　これ水だろ。牛乳じゃないんだからさ」

「ばかね。一週間つづけてみればわかるわよ」

母が袋に入れた水の容器をおじさんは結局持って帰らなかったけど、その日は始終おだやかだった。わたしとまーちゃんの頭をよしよしとなでて「またくるよ」といい、帰っていった。

それからも、一週間に一度くらいの割合で雄三おじさんはうちに顔を見せにきた。以前のように怒鳴ったりすることは一切なくて、ただのんびりお茶を飲み、お菓子を食べて、母に近況をたずねた。

「最近どう。変わりない？」

「ええ、いい調子」

「水のおかげか」

「そうよ。こうやって薄手のガーゼかなんかを水に浸して患部にのせるとね、湿布代わりにもなるの。和歌子さんのヘルニアにも効くと思うんだけど」

「あいつのヘルニア、先週手術したばっかなんだ」

「あらそうなの。もっと早く教えてあげたらよかった」

「ああ。もっと早くきいといたらよかった」

母と雄三おじさんは、笑ったときにぶあつい唇のあいだからのぞく八重歯がそっくりだった。母はカタログをめくって見せながら、このスカーフ和歌子さんに似合いそうだから、手術成功のお祝いに今度注文しといてあげると約束していた。

やさしい雄三おじさんのやさしい訪問はしばらくつづき、ある日突然に終わりをむかえた。

その日は日曜日で父も家にいた。母から雄三おじさんのここ最近の変化をきかされていた父は、おじさんの来訪を喜んだ。落合さんにもてなしてもらったやりかたで、雄三おじさんのことをもてなしたいという気持ちがあったのか、ひとしきり水の効果を語ったあと、母に洗面器とタオルを持ってこさせた。

こうやって、軽ーく浸してね、軽くでいいからね、と雄三おじさんの目の前でいそいそと濡れタオルを畳む父の姿は本当にうれしそうだった。

「はいできましたよと」

父から差しだされたタオルを、雄三おじさんは受け取らなかった。

「頭にのせてごらん。こんなふうに」

「……お義兄さんこそ、よかったらどうぞ」

雄三おじさんはまじめな顔をして父にいった。

「そう？　じゃあ見本見せようか」

父はすでにのせていたタオルを取って、雄三おじさんのためにしぼったタオルを頭にのせた。

「どうですか」

「いやいいよ。うんいいねえ」

「なにがどういいんですか」

「うん。まずこり固まった筋肉がほぐれていくっていうのかな。それがわかる。ずっとのせてると気づかないんだけど、長時間はずしてたり、金星のめぐみ自体、しばらく飲むのをやめてみるとすぐわかるよ。数値にでるからね。ボクなんてあっというまに体調崩すんだから」

「あの」

「雄三くんもほら。試してごらん」

「ほら雄ちゃん」

「お義兄さん。それ金星のめぐみじゃありませんよ」

雄三おじさんのひと言に、父と母の表情がにこにこ顔のままで、固まった。

「それ、公園の水道の水ですよ」

「なにいってるの雄ちゃん」

「……おもしろいこというなあ」

「いったでしょ雄ちゃん、これはね、特別な儀式で清められたお水でね」

「入れかえたんだ。あそこの段ボールに入ってるぶん、全部」

父と母はぽかんとしていた。雄三おじさんが冗談をいっていると思ったのか、最初、笑おうとしていた父は、でも笑わずに震えだした。

「金星のめぐみは……」

「捨てました」

「なんだって」

「全部捨てたよ」

「……宇宙のエネルギーを宿した水を……？」

「ばかばかしい。あれだってどうせ中身は水道水に決まってる。げんに気づかなかったじゃないか。あんたら、二カ月も公園の水道水飲んで喜んでたんだよ。わかっただろ姉さん。これで目が覚めただろ。もういいかげん」

「うそいわないで」

「うそじゃない。容器の裏引っくり返して見てみろ。おれのサインが入ってるのは中身全部水道水だ」

母が段ボールの中から一本取りだし、容器を逆さにすると、そこにはマジックで大きく㋒と書いてあった。

「帰れーっ!」

父が悲鳴のような声を上げた。そのときはじめて父の怒鳴る姿を見た。顔も目も真っ赤になって、わたしは父が大声で泣きだすのではないかと思った。

今までの人生でおそらくけんかをしたことのない父のこぶしがブンと空を切った。

「帰れーっ。帰れーっ。帰れーっ」

わたしは立ち上がって窓を開けると、自転車置き場に立てかけてあるバドミントンのラケットを手にして戻ってきた。

「かえれーっ、かえれーっ、かえれーっ」

雄三おじさんの頭や背中をところかまわず全力で叩きまくった。雄三おじさんも必死だった。「二度とこないで」と叫んだ母に近寄っていってその腕を取った。

「やめてなにするの」

「いくんだ」

「離して」

「子供たちはあとで迎えにくるから」

「帰れーっ」

「かえれーっ」

いくらわたしがラケットで雄三おじさんのおしりを叩いても、おじさんの大きなおしりはびくともしなかった。母の腕を引っぱるおじさんの動きが止まったのは、台所からまーちゃんが包丁を持ってあらわれたときだ。

「帰ってーっ」

まーちゃんは両手で包丁の柄を握りしめ、ガタガタ震えながら雄三おじさんをにらみつけていた。けんかしても泣かされるのは決まってわたしで、めったに泣かないまーちゃんがぼろぼろと涙を流して叫んでいた。

「帰ってーっ。帰ってーっ」

雄三おじさんは力が抜けたかのように母の腕を離すと、ゆっくり玄関へ向かっていった。わたしにラケットでおしりを叩かれながらのろのろと靴を履き、玄関の扉を開けて一度だけ振り返った。

「……またきます」

「もうくるなーっ」

全員で叫んだあとに、玄関の扉がぱったん、と閉まった。その日から、おじさんはうちを訪ねてこなくなった。翌年、おばあちゃんの葬式で久しぶりに顔を合わせたときも、大人同士は口もきかないし目も合わさなかった。わたしはいとこのしんちゃんに向かって遠くから「あっかんべー」を何十回と繰り返した。

親戚とはいえ、隣りの市に住んでいて、合鍵を持っているわけでもない雄三おじさんがいつのまに我が家に出入りして、どうやって容器の水をすべて入れかえたのか……。そんなことが可能なのか、本当に中身は入れかえられていたのか……。冷静になって考えてみればわかる、そんなことできるわけがない、そう両親は結論づけた。

雄三おじさんはうそをついたのだ、と。

だけど、本当におじさんは入れかえたのだ。誰にも見つからないようにこっそりうちに忍びこみ、水の入った容器を段ボールごと車に積むと、この辺りで一番大きな公園まで車を走らせた。慎重にガムテープをはがして段ボール箱のふたを開け、さらに慎重に容器のふたに貼ってある黄色いテープをはがしてふたをはずした。なかの水を全部捨てると、からっぽになった容器の裏に油性マジックで自分のサインを書いてから、代わりに公園の蛇口をひねって水道水を満タンになるまで注いだ。ふたをして、テープを貼って、段ボールに詰め直すと、再び車に積みこんで、我が家の元あった場所にそっと戻した。

こんなことするには協力者が必要だった。あとでわかったことだけど、協力者はまーちゃんだった。

両親とわたしがでかけているときに雄三おじさんに電話をかけて、今がチャンスと知らせたのは。運びだす段ボールを指で示したのは。一緒に車に乗って大きな公園まで道案内したのは。そおっと黄色いテープをはがしたのは。ふたを開けたのは。閉めたのは。黒のマジックを貸したのは。全部まーちゃんだったのだ。まーちゃんは、それを家をでていく前の日の夜に、わたしに教えてくれた。

「うまくいくと思ったんだけどね」と、弱々しく笑った。「逆効果だったかなあ……」公園の水道の前にしゃがみこんで、容器のテープを少しずつはがしていくまーちゃんの白い手を想像したとき、雄三おじさんに向かって包丁を突きつけているまーちゃんの青白く震える手も同時に目の前によみがえった。

わたしが最後に見たまーちゃんの手は、無数の傷と謎のラクガキに覆われていて、本当の皮膚の色は下に隠れてしまっていた。薬指には彼氏からもらったという金色の指輪がはめてあり、台所の蛍光灯に照らされてそこだけキランとかがやいていた。

4

小学校時代の友達は、かなり少ないほうだった。というか、友達ができなかった。仲良くなってもいつのまにかみんな離れていってしまう。「あそこの家の子と遊んじゃいけません」と、ドラマにでてくるようなセリフを親からいわれたという子もなかにはいたけど、我が家の問題というよりは、わたしに問題があるのかもしれなかった。

教会が毎年開いているおまつりや春夏秋冬のイベントが、小学校時代はそれはそれは楽しみで、学校のクラスメイトを誘ってよく参加した。会場に足を運べば、わたしには声をかけてくる人たちがたくさんいた。みんな顔見知りだし、わたしたちは年齢関係なく仲がよかった。つい、連れてきたクラスメイトの存在を忘れてしまって、誘われるがまま、おしゃべりの輪のなかに入ってしまう。クラスメイトからしてみれば、はじめて連れてこられた場所で、わたししか話せる相手がいないのに、ほったらかしにされた、と思うわけだった。気づくとはぐれてしまっていたり、怒って帰ってしまったり、ということがよくあった。さらに、帰宅した子供から話をきいた親は、変な想像力を働かせてしまうようで、自分の子供は、なにか、いかがわしい宗教セミナーに参加させられたにちがいないと思いこんで、うちに苦情の電話をかけてくるのだった。その子は次の日からわたしに近づこうとしないし、わたしも自分からは声をかけられない。いじめられたというほどではないけど、とにかく、友達ができなかった。

小学四年生のときに、ひとりの女の子が転校してきた。背が高くて美人だったので、ほかのクラスから何人も見物にやってきた。彼女がたまたま指定された座席は、わたしの隣りの席だった。物怖じしない性格のようで、初対面のわたしの名札をじっとのぞきこむと、「はやし、ちひろ、ちゃん。家どこ?」ときいてきた。近所でもなかったのだけど、方角が一緒だったので、その日の放課後はその子と一緒に帰ることになった。

帰り道、わたしはただあいづちを打っていただけだった。将来歌手になりたいの、とか、弟がまだちっちゃくてかわいいんだ、とか、よくしゃべる子だった。隣りの席だからというのもあって、次の日からも、わたしによく話しかけてきた。好きな子いる？ときかれて、隣りの席の西条くんだと教えた。その女の子はわたしの左隣りで、西条くんは右隣りだった。

「そうなんだ。かっこいいもんね西条くん」

「うん。渡辺さんは？　好きな人いる？」

「なべちゃんでいいよ。あたしの前の学校のあだ名」

「なべちゃんは？　好きな人は？」

「まだいない。でもおもしろい人が好き」

「おもしろい人なら武田こうへいくんとか？」

「うん、そんな感じ」

「へー。なんか意外だね」

「好きじゃないよ。でもクラスのなかでは一番いいと思う」

「へー」

そういっていたなべちゃんだったけど、その二週間後には西条くんとつきあっているといううわさが流れた。

まだ小学四年生なのだ。わたしにはつきあうということが一体どういうことなのかも理解できなかった。とにかく、なべちゃんと西条くんは好き同士だということは理解した。

ある日、女子トイレの個室のなかでこんな会話を耳にした。「あのふたり、授業中にこっそり手紙交換してるのよ」「知ってるー」「先生が見てないスキに」「そうそう」「渡辺さんが西条くんに合図して」「そうそうそう！」

「どうやって？」

思わず個室から飛びだしてきいた。

「わっ。びっくりした」

「ねえどうやって？」

「きゃ。手洗いなよ」

「授業中あたしがずーっと真ん中に座ってるのに、なべちゃんと西条くんはどうやって手紙交換したりできるわけ？」

「気づいてないの？　いっつも林さんの背中のあたりで交換してるじゃん」

「あたしの背中で」

「そうそう。こうやって、お互いに手伸ばしてさあ」

「林さんの頭の上でもしてるよ。ね」

「うん、林さん背低いから」

「あたしの背中と頭の上で」

「ウインクしたり、目と目で会話したり。ね」

「うん」

「ウ、ウイ、目と目で」

「ほんとに気づいてないの？」

ショックだった。なべちゃんはわたしを裏切ったのだ。本人にいわせると、「いわなくちゃと思ってたんだけど」ということらしいのだけど。

わたしはなべちゃんと話さなくなり、再びひとりで下校するようになった。わたしがいなくても、美人でかしこくてスポーツもできるなべちゃんにはすでに大勢の友達ができていた。西条くんもそうだけど、「背高いグループ」の人たちと休み時間のたびに教室の後ろでふざけあう声が教室中に響いていた。気の強いなべちゃんがあやまってくるわけもなく、あやまられるのも嫌だった。わたしたちはそのまま縁を切ることになっていたとしてもおかしくなかった。

仲直りのきっかけは『ターミネーターⅡ』だった。小学四年生の秋、公民館の視聴覚室でわたしははじめて『ターミネーターⅡ』を観た。

そのときの衝撃は忘れられない。体に電流が走るとはこういうことだ。映画がはじまる前に配られたおやつにもジュースにも手をつけず、スクリーンに釘づけになったままパイプいすの上で固まってしまった。

ジョン・コナー少年。ひとめぼれだった。世のなかにこんなきれいな男の子が実在するのかと思った。映画の内容はまるで頭に入ってこなかった。後日、男の子の本当の名前を知った。エドワード・ファーロング。わたしが好きになった相手だ。

映画を観た日の翌日は月曜日だった。ジョン・コナー少年への想いで胸をいっぱいにして登校したわたしは、先週までと景色が全然ちがって見えることにおどろいた。どういうことかというと、クラスの男子が全員ぶさいくに見えたのだ。なにかのまちがいではないかと思うほど、全員がチビでぶさいくで汚らしく見えた。好きだったはずの西条くんまでも。

腰を抜かしそうになりながら自分の席に着き、改めてまわりを見渡してみると、汚いのは男子だけではないことに気がついた。ほとんどの女子と、先生もそうだった。

みんなぼさぼさでべとべとの頭に、間の抜けた顔をして鼻水を垂らし、一体なにがおかしいのかガタガタの歯をむきだしにしてへらへら笑っていた。まともに見てしまうと気分が悪くなってくるので、授業中先生に指されても、体育の時間にボールが飛んできても、その日は一日、ずっと下を向いて過ごした。

翌日になってもわたしの妙な症状は治らなかった。昨日は特になんとも思わなかったはずの、父、母、まーちゃんの顔も、改めてよく見るとこれが人間かと思う。そして自分の顔を鏡に映すと、誰よりも自分が一番醜かった。

三日目の夜に、とうとう我慢できなくなってわたしは泣きながら両親に打ち明けた。そばできいていたまーちゃんは「ばっかじゃないの」といったのだけど、父も母もわたし以上に真剣に、このおかしな事態を受け止めてくれた。

どうも、わたしは目の病気にかかったらしかった。一日二回、朝起きたときと寝る前に目薬を差して、ふちが紫色の、わたしにとっては大きすぎるめがねをかけるようにいわれた。目薬もめがねも落合さんから強くすすめられたもので、めがねに関しては落合さんが日ごろから愛用しているものとまったく同じ品だった。レンズに特別な加工がしてあって、ゆがみと認識された対象物を、脳に伝達される前に修正してくれるという機能を備えたこのめがねは、カタログの医用器具のページに載っていた。

突然、大きな紫色のめがねをかけて登校してきたわたしを、クラスメイトたちは遠巻きにじろじろと眺めた。すぐに効果がでるわけではないのか、こっちを指差してひそひそ話をするクラスメイトの顔はみんな昨日までと変わらず一様にぶさいくで、わたしはがっかりしながら自分の席に着いた。二学期に入っておこなわれた席がえで、わたしの席は窓際の一番前になっていた。誰とも顔を合わせずに、校庭のイチョウの木だけを見ていられるので、わたしにとっては都合のいい席だった。

一時間目の授業のおわりに、列の一番後ろの席の人が宿題のプリントを回収しにきた。プリントを机の上にだし、ほおづえをついて誰もいない校庭を眺めていると、「なにそのめがね」と頭の上で声がした。

顔を上げると、すぐそこになべちゃんの美しい顔があった。

わたしの机の上で回収したプリントをトン、トン、とそろえながら、「変なの」といった。

「変かな」

「変だよ」

それは二カ月ぶりの会話だった。

その日の放課後、わたしたちは久しぶりに一緒に帰った。

父と母に打ち明けた内容をなべちゃんにも打ち明けると、なべちゃんは声をたてて笑った。

「じゃあさ、じゃあさ、あのおじさんは？」と道ゆく人を無遠慮に指差して、ぶさいくかぶさいくじゃないか、わたしにきいて確かめる遊びをはじめてしまった。

「ぶさいく」というと、手を叩いて笑った。

「じゃあああのおばさんは？」

「ぶさいく」

「キャハハハ」

「おもしろいかなあ」

「おもしろーい。じゃあ自分の顔はどう見えるの？」

「自分が一番ぶさいく。だから鏡見ないようにしてる」

「だから鼻毛でてるの気づかないんだ」

「うそばっかり。あたし鼻毛なんかないもん」

「アハハ。じゃああたしはどう見える？」

「きれい」

「えー？」

「きれい」

「ふーん。じゃあ、じゃあああのおじさんは？」

「ぶさいく」

「アハハハ。じゃあああの人。横断歩道のとこにいる」

「うーん、ふつう」

「そうかな。ぶさいくじゃない？　じゃ、あの人は」

「ぶさいく」

「うんたしかに。ククク。あの高校生は？」

「ふつう」

「まあ顔はふつうかもしれないけど、髪型がねえ。なんかバカっぽい」

「なべちゃんきびしいね」

西条くんの顔はどうかともきかれた。正直に「気持ち悪い」とこたえた。ごめん、とあやまると、なべちゃんはケラケラ笑いながら、「なんであやまるの？　あたしも前からそう思ってたんだ。よく見るとあいつ全然かっこよくないよね」といった。

それから一週間もたたないうちに症状はどんどんよくなっていった。鏡に映った自分の顔を見て涙を流すこともなくなったし、隣りの席の田村くんにけしごむを借りたりするときも、ちゃんと相手の目を見てお願いすることができるようになった。うっかりめがねをかけ忘れてきた日も、何の問題もなく一日は過ぎていった。必要のなくなっためがねは、しばらく父がかけていたけど、いつのまにか見なくなった。なくしたか、誰かにあげたのかもしれない。

エドワード・ファーロングのことは変わらず好きだったけど、映画を観た当初に感じていたような、沸騰するような想いはじょじょに落ち着き、いつのまにかただのファンという感じになっていった。四年生の終わりごろには、同級生に好きな人ができた。秋山くんという、背が高くて彫りが深くて歌のうまいスポーツ少年だ。本人の将来の夢はサッカー選手だったけど、担任の先生から「アイドルになれ」といわれるくらい、かっこいい顔をしていた。秋山くんのことは一年半のあいだ、好きだった。その次に好きになったのは、通学路で毎朝すれちがう名前も知らない中学生だった。向こうは自転車だったので近くで顔を見ることができるのは一瞬だったのだけど、キリッとした濃いまゆげが魅力的な、これまたかっこいい人だった。その次に好きになった野球部の森田くんも、背が高くてかっこよかった。その次に好きになった生徒会長の神崎先輩もかっこよかった。その次の田井くんもかっこよかった。中学三年生のとき好きになった南先生のことは、いうまでもない。いずれの場合も、わたしの想いが向かう先にはある共通の傾向があるようで、それが一体なんなのか自分ではうまく説明できない。わたしの気持ちが発生する場所には一体なにがあるんだろうかと真剣に考えてみたこともあった。治ったと思っていたけど、もしかすると、エドワード・ファーロングによってもたらされたわたしの目の病気はじつはまだ治っていないんじゃないか、とか。もしくはあのときの後遺症みたいなものだろうか、とか。なべちゃんにいわせると、それは病気でもなんでもなくて、「ただのめんくい」ということになるのだけど。

5

なべちゃんと会話をしなかった期間、わたしは教室でひとりだった。なべちゃんが転校してくる前もひとりだったから慣れているはずなのに、そのあいだはまわりの話し声がやたらとうるさく感じて、休み時間はトイレや図書室で過ごすことが多かった。毎日図書室に通っていると、なんとなく座る席も決まってくる。わたしは歴史マンガの棚に近い席によく座った。昼休みはみんな校庭にでてドッジボールをしたりなわとびをしたりして遊ぶので、図書室で本を読んでいるのはほんの五、六人だった。顔ぶれは大体いつも決まっていて、わたしと同じように、みんなひとりだった。

貸出カウンターの右手の棚には青い背表紙の本がずらっと並んでいた。『福沢諭吉』とか『マザー・テレサ』とか、偉人の名前が題名になっていた。そのなかから選んだ一冊を、いつも窓際の一番はしの席で背中を丸めて読んでいる髪の短い女の子は、同級生の春ちゃんだった。

春ちゃんも、わたしと同じだった。同じ学年では、わたしと春ちゃんだけだった。わたしたちは、学校だけではなくて、毎月第一、第三日曜に開かれる集会でも顔を合わせていた。顔を合わせているだけで、ほとんどしゃべったことはなかった。学校で話す相手はいなくても、教会の友達はたくさんいるわたしとちがって、春ちゃんは学校にも教会にも友達がいなかった。話しかければこたえてくれるのだけど、声が小さくて表情が変わらないので、まわりからは「暗い」といわれていた。年に一度の研修旅行には、いつもお母さんとふたりで参加していた。移動のバスで、窓際の席になったときは、すぐにカーテンを引いてそれを自分の頭にかぶり、研修施設に到着するまでずっとそのままの姿でバスに揺られていた。ある朝、学校の下駄箱の前で会ったとき、「おはよ」というと、無表情のまま近づいてきて「学校で話しかけてこないで」といわれたことがあった。話しかけるもなにも、朝のあいさつをしただけなのに。そういうことだから、以後、学校だけじゃなくて集会で会っても話しかけてあげないと決めていた。

集会所では、ひとり静かに過ごしたり、無表情でいることのほうが難しかった。なぜならみんな本当に仲がよくていつも輪になって笑っているからだった。学校みたいにグループごとにわかれていない。幼稚園児の友達も、大学生の友達もいた。ひとりで座っていても、気がついたらおしゃべりの輪のなかに加わっていた。大学生の友達に英語を教えてもらい、エドワード・ファーロングに二度ほど手紙を書いたこともあった。国立大学に通う、海路《かいろ》さんと昇子《しょうこ》さんという、美男美女のカップルがいたのだ。海路さんのお父さんは執行部長で、海路さん自身も当時まだはたちという若さで支部長補佐という位についていた。昇子さんは、おばあさんが有名人だった。わたしがものごころつくころには引退していたけど、かつては上層部専属の祈禱師として大活躍した人らしい。色んな伝説を持っていて、若いころのおばあさんを主人公にしたマンガも何冊かでている。

そのおばあさんから受け継がれたものなのか、昇子さんには人のオーラを見ることができるという才能があった。わたしはいつ見てもらっても薄ーいピンク色だといわれた。昇子さんにかかると、恋をしていることも恋の相手が変わったことも当てられた。なかには昇子さんの説明をよくきかずに、オーラの色が焦げ茶色とかグレーといわれただけで不満そうな顔をする子もいたけど、その気持ちもちょっとわかる。かわいい色のほうがいい。

ちなみに春ちゃんは赤。本人もまだ気づいてないけどああ見えて情熱家なのだと昇子さんはいった。その話をしていたとき、その場にいたひとりが集会所のすみっこで本を読んでいた春ちゃんのもとへ駆け寄って、わざわざ「赤だって」と伝えにいった。戻ってくると、昇子さんに報告した。「春ちゃん赤嫌いなんだって」

そう、と昇子さんはこたえた。

「好きとか嫌いとかゆう問題じゃないのにね」「せっかく昇子さんが教えてくれたのにね」と、みんな心のなかではかわいい色がいいと思っているのに、春ちゃんにはきびしかった。

「春ちゃんてさあ、暗いくせにわがままじゃない？」

「そうそう。絶対『ほしの子』ひらかないし」

「歌もうたわないよ」

「ここが嫌ならこなかったらいいのにね」

切れ長の目でじっと春ちゃんの背中を見つめていた昇子さんが振り向いていった。

「春ちゃんがここにくるのは、春ちゃんの意思とは関係ないわ」

美人の昇子さんが真剣な表情でなにかいうと、冷たい印象を受ける。みんな一瞬で黙りこんでしまった。

「春ちゃんは受け取ったメッセージに従ってるだけ。もちろん本人は従ってるなんて思ってないでしょうけど。みんなだってそうよ。ともちゃん、ともちゃんはどうしてここにきてるの？」

「あたしは……」

「お母さんがいきなさいっていうから？」

「ううん」ともちゃんは首を横に振った。「あたしは春ちゃんとちがってみんなと一緒にうたったりするの好きだもん」

「そう、あかねちゃんは？」

「あたしは『ワークの時間』が好きだから。たまにけんかになるけど、自分の考えたこと発表するの楽しいもん」

「そうね、いつも楽しそうにしてる」

「あとね、ほしの子読むのも好き。あたし家でもほしの子読むよ」

「そんなの、おれだって読むよ」

「あたしうさぎと桃の木の話なら見なくてもいえるよ」

「うそつくな」

「ほんとだもん」

「じゃあいってみろよ」

「ストップ、よくわかったわ、みんな勉強熱心なのね。だからここにきてる。……だけどそれはほんとうに自分の意思なのかしら」

みんな意味がわかっているのかいないのか、なにもいわずに昇子さんの話をきいていた。

「今、あかねちゃんがここにきてることと、春ちゃんがここにきてること。このふたつにはどんなちがいがあるのかしら」

「……春ちゃんは心のなかではきたくないって思ってるよ」

「どうしてわかるの？　春ちゃんがそういった？」

「……」

「もし、ほんとうにここが嫌いなんだとしたら、どうして春ちゃんは毎回休まずにくるんだろうね」

「それは……」

「それは？」

「すべては宇宙の意のままに」

と、そのとき背後から声がして、振り返ると海路さんが腕を組んで立っていた。

「海路さん！」

「海路さんだー！」

海路さんは人気者だった。

おっそーい、遅刻ー、とからかわれると、「大学に顔だしたら教授につかまっちゃってね」と笑いながら、ジャケットのポケットからUNOを取りだした。「今日はこのためだけにきた」

すぐに何人かが集まってきた。早速みんなで畳の上に円になって座り、一番大きな数字をひいた海路さんが手際よくカードを配った。配られたカードに視線を這わせながらも、とぎれとぎれに春ちゃんの話題はつづいた。

「……たしかに、春ちゃんは肉体の眼しか使っていない」

と、海路さんは手元のカードを見つめていった。

「だけど彼女なりに見ようとしてるわ」

と海路さんの向かいに座った昇子さんがいった。

「見ようとしてる。見えるわけもないのに」

「彼女の意思では」

「そう。彼女の意思では」

と、海路さんは山札からカードを一枚めくり取った。

「なにも見ることはできないし、どこへもゆくことができない」

「スキップ」

スキップで一回飛ばされたともちゃんが「じゃあさあ、春ちゃんはずーっとこのまだね」といった。

「だってほしの子ひらかないし歌もうたわないし自分からしゃべろうともしないんだもん。それはねえ、つまり、息してないってことと同じなんだよ。お母さんがいってた」

「今はね」海路さんはいった。

「だけど彼女は変わるわ」昇子さんがいった。

「変わる？　春ちゃんしゃべるようになるの？」

「なるさ」と海路さんがいった。「しゃべるだけじゃない。歌っておどるし空も飛べるようになる」

きゃははは、とみんな笑った。

「気づくときがくるの。気づいた人から変わってゆくの」

と昇子さんがいった。

「だけどそれは春ちゃんの意思じゃない」

と海路さんがいい、ふたりは見つめ合った。

「ドローフォー！」

と、最近UNOを覚えたばかりの子が元気よく叫んだ。

「あっ、ちくしょ」

「いいぞたっちん。今日こそみんなで海路さんを負かしちゃおう」

「そう簡単にはいかないからな」

「負けたらアイスおごってくれる約束だもんね」

「そんな約束したっけなあ」

「アイスよりはだかおどりがいいよ！」

「賛成！　海路さんと昇子さんではだかおどりだ！」

「わ、わたしもなの？」

「こうしよう！　海路さんと昇子さんと春ちゃんではだかおどりだ！」

「ギャハハハ」

「コラコラ。勝手に決めるな」

「アハハハ」

「ほら、次ちーちゃんの番だよ」

「はーい。アハハハハ」

海路さんの登場のおかげで、それまでの深刻な雰囲気は消えてなくなっていた。わたしはこういう時間が楽しくて、月二回の集会に顔をだしているようなものだった。

前半の、「学びの時間」と「ワークの時間」は、正直いって楽しいと思ったことがない、歌うことだって、サビの部分の高い音をだそうとするとのどの奥が痛くなるから好きじゃない、春ちゃんみたいに部屋のすみっこで好きな本やマンガを読んでいるほうがずっといい……。みんなも同じ気持ちだと思っていた。さっき、たまたま昇子さんと目が合わなかったからよかったけど、もしわたしがここにくる理由をたずねられていたら、きっと言葉につまっただろう。

春ちゃんは相変わらず同じ場所で同じ姿勢のままひとりで本を読んでいた。

あの春ちゃんが、歌ったりはだかでおどったりするところを想像すると、どう考えてもおかしくて、おさまったはずの笑いがまたこみ上げてきた。

「ちーちゃん笑いすぎ」

「ご、ごめん、だって、春ちゃんがはだかうふふ」

「人のこと笑ってる場合じゃないぞちーちゃん」と海路さんがいった。「先週の美化運動さぼったのはお見通しだぞ。春ちゃんはちゃんと参加してたのに。今度さぼったらちーちゃんも……」

「さ、さぼってない！　朝からお腹こわしてたの。お母さんが支部長さんに電話したもん」

「あははは、冗談冗談。はい、ＵＮＯ！」

「わっ。いつのまに！」

「また海路さんが勝っちゃうよ」

「ははは、悪いね」

「ハンデつけてよ大人なんだから」

「きみたちおれに勝とうなんて一億年早いよ」

海路さんは子供相手にも一切手加減しなかった。わたしたちはいつものように閉会の時間ぎりぎりまでUNOやトランプをして遊んだり、お菓子を食べながらおしゃべりをして過ごした。

昼休みを図書室で過ごしていたあいだ春ちゃんと一度だけ目が合った。窓からの日差しがまぶしくてカーテンを閉めに立ち上がったとき、窓際に座っていた春ちゃんがチラッとこちらを向いた。そしてすぐに顔を伏せた。春ちゃんは泣いているように見えた。

おどろいて、思わず声をかけようと近づくと、机にひろげていた本をサッと立てて顔を隠した。わたしは声をかけずにカーテンだけ閉めて席に戻った。だからなんで泣いていたのかはわからなかった。日差しがまぶしすぎたせいかもしれないし、見まちがいということもあるし、そのとき手にしていた『徳川家康』に感動していたという可能性もある。それからまもなく、わたしはなべちゃんと仲直りし、図書室に足を運ぶこともなくなった。春ちゃんのことはたまに学校の廊下ですれちがったり、集会で見かけたりしたけど、いつ見ても無表情で、相変わらずひとりぼっちでうつむいていた。

春ちゃんは変わるわ。昇子さんはたしかにそういった。具体的に、いつ、どこで変わるのか、ちゃんときいておいたらよかった。

昇子さんのいったとおりだった。その後、春ちゃんは変わった。昇子さんにはすべてわかっていたのだろうか。わたしはちっとも気がつかなかった。わたしが気づいたときには、たぶんすでに変わったあとだったのだ。

半年に一度ひらかれる、恒例の上映会でのことだった。中学に入ったばかりのときの、春の会だ。

そのとき観たのは『幸福の黄色いハンカチ』だった。

毎回、誰が作品を選んでいるのか知らないけど、小学生たちには退屈な内容だったようだ。最初は公民館の視聴覚室に並べられたパイプいすにおとなしく腰かけていたのに、途中から立って歩きまわったり、おしゃべりをはじめる子が目立ちはじめた。

上映中さわがしかった小学生たちは、映画が終わっても視聴覚室の後ろのほうでなにやらにぎやかにしていた。笑い声のなかから「どうしたの？」「顔上げろよ」という声がきこえてきたので、後ろを向くと、はしっこの一席を小学生の集団が丸く取り囲んでいた。

「どうしたんだよう」

「春ちゃんってば」

どうやら囲まれているのは春ちゃんのようだった。

立ち上がって見てみると、パイプいすに腰かけた春ちゃんが、背中を丸めて両手で顔を覆っていた。春ちゃんは小六の終わりごろから髪を伸ばしはじめていて、この日は肩のあたりまで伸びた髪を後ろでくくって赤いリボンで留めていた。

春ちゃんの背中やわき腹を、子供たちの指先が四方八方からつんつん突いた。

「はーるーちゃーーん」

「おーい」

わき腹を突くとピクッと体が反応するので、それがおもしろいらしく、子供たちの攻撃の手は止まらなかった。

「起きろって」

「顔上げろー」

「もしかして泣いてる?」

「ねえ春ちゃん泣いてるの?」

春ちゃんは結んだ髪の毛をつかまれて無理矢理顔を上げさせられそうになった。子供たちの手から逃れるために、いきおいよく頭を振っていすから立ち上がると、顔全体を手のひらで覆ったまま、ガチャンガチャンといすに足をぶつけながら同じ場所をぐるぐると歩き回った。そのようすを子供たちは余計におもしろがり、春ちゃんの体にくっついて離れようとしなかった。こっちこっちと壁のほうに誘導し、春ちゃんがおでこをぶつけるのを見て大笑いした。Tシャツを引っぱって、ブラジャーが見えたといっては手を叩いて喜んだ。

こらーっ。やめなさい。わたしたちは口々に注意したのだけど、誰もこっちに注目しなかった。

「顔見せてってば」

「泣いてるの？」

「春ちゃん」

「泣いてるっ」

「やっぱり！　春ちゃんが泣いてるっ」

「ほんとに？」

「ねえ春ちゃん泣いてるの？」

五年生のゆうたろうが、春ちゃんの両手を力ずくで顔からはがそうとした。さすがに頭のひとつでもひっぱたいてやろうとそばまで近づいていったとき、それまで壁のほうを向いて背中を丸めていた春ちゃんが、突然体を起こして振り返った。

春ちゃんは真っ赤な顔をして白い歯を見せていた。背すじを伸ばして仁王立ちになり、両手を腰に当てて子供たちに向かって、「泣いてちゃ悪いか！」と、大きな声を張り上げた。

「きゃー。春ちゃんが怒ったー」

子供たちは喜びの声を上げながら走り回り、今度は春ちゃんが、「待てー」といいながらその後ろを追いかけた。

びっくりした。はじめて春ちゃんの笑った顔を見た。

わたしは取り残されたみたいにぽかんとしていた。

6

姉のまーちゃんがでていったのは、わたしが小学五年生のときだった。まーちゃんは高校一年生だったはずだけど、まじめに高校に通っていたとも思えないから、たぶん退学になった直後に家出したのだと思う。

　まーちゃんは、めったに集会に顔をださなかった。まだ小さかったころは手をつないで教会や集会所に通っていたし、家にあるアルバムには参加したイベントで撮ってもらった写真がたくさん貼りつけられていた。だけど途中のページからわたしの写真ばかりになっている。まーちゃんが写っていたとしても、後ろのほうでうつむいていたり、仏頂面だったり、ろくなのがない。

　わたしがまだ小さかったころに、まーちゃんからいわれたのは、お父さんとお母さんがああなったのはちーちゃんのせいだ、ということだ。「ちーちゃんが病気ばっかりしてるから」

　たしかに、きっかけはそうだったのかもしれない。わたしが手のかからない赤ちゃんだったら、父は落合さんに相談することもなかっただろう。

　まーちゃんは寂しかったのだと思う。両親の関心の対象がわたしにばかり集中して。だけど、それは最初の数年だけだ。母の日記がつづいていた期間だけ。奉仕の対象はいつからかわたし以外のものへと変わっていった。母が身なりにかまわなくなったことや、父が勤めていた会社を辞めて、支部長さんから別の働き口を紹介してもらったことは、わたしのせいではないはずだ。

まーちゃんは家をでる前日に、ふらっとうちに帰ってきた。

毎晩どこで寝ているのか、日ごろから外泊の多かったまーちゃんが久しぶりに帰ってきて、しかも普通に玄関の扉を開けて「ただいま」といったものだから、父も母も喜んでいた。夕飯の煮物の支度ができていたのに、まーちゃんの好きなチョコチップ入りのパンを閉店間際のスーパーに買いに走ったりしていた。家にいるときは決まって両親とけんかして暴れるまーちゃんだったけど、この日の夜はおだやかだった。一カ月前に帰宅したときに自分の足であけたふすまの穴ぼこを見て、「派手にやったねえ」と他人《ひと》ごとのように笑っていた。

「まーちゃんが自分でやったんじゃん。お父さんとけんかして」

「ふふふ、そうだよ」

「今日泊まっていくの?」

「うん。ねえ、風邪ひいてる?」

「ううん」

わたしの声は鼻声だった。息を止めてしゃべっていたのだ。まーちゃんの体からは生ごみのにおいがした。本当に、毎日一体どこで寝ていたのだろう。

その日の夜中、まーちゃんに起こされて、寝ぼけながら台所に移動した。台所の床にあぐらをかいて座り、母が買ってきた好物のパンの袋を開けてわたしにひとつ渡し、自分もひとつ口にくわえた。なぜ起こされたのかわからなかった。眠気でグラリグラリと頭を揺らすわたしを前に、まーちゃんはぽつぽつと自分の話をした。話のなかで両親のことをあいつらと呼んだけど、その口調は静かで、落ち着いていた。

パンをひとつ食べ終えるころには八割方目が覚めていたわたしは、先月、おばあちゃんの法事にひとりでいったことを話した。雄三おじさん元気だった？　ときかれて、あいさつしかしてないけど元気そうだった、とこたえると、……あのね、昔ね……、と「雄三おじさんお水入れかえ事件」の事の真相を話してきかせてくれたのだった。

「えーっ。だってあのときまーちゃん包丁持っておじさんのこと刺そうとしてたじゃん」

「うん、自分でもわけわかんなかった」

「おじさんびっくりしたと思うよー」

「おじさんとふたりで作戦考えてるときはうまくいくと思ったんだけどね……」

まーちゃんがふたつ目のパンを手渡してくれた。お腹はすいていなかったけど、受け取ってひと口かじった。

「ねえ。ちーちゃん、好きな子いる？」

わたしは、パンをもぐもぐ咀嚼《そしやく》しながら「うん」とこたえた。

「どんな子？」

当時はエドワード・ファーロングへの熱も冷めて、秋山くんのことを好きだった。

「背が高くて、サッカーがうまくて、歌がうまくて、さか立ちができる人」

「へーかっこいいね」

「まーちゃんは」

「いるよ」

「どんな人」

「背が低くてサッカーできなくて歌がへたくそで、さか立ちもできない最低の人」

「あははは」

「しーっ」まーちゃんは両親の寝ている部屋のほうを気にして人差し指を立てた。いつもは、わざと寝てるところを狙って帰ってきて暴れるのに。

「その人のどこが好きなの？」

「どこが好きか。うーん」まーちゃんは腕を組んで、考えるポーズをとった。「ないなあ」

「ないのお？」

「うーん、あえていうなら、ため息とか？」

「ため息ぃ？」

「なにかっていうと、すぐにため息つくの。あえ〜っていうため息。すっごくだるそうで、そのため息きいてると、ああこいつはほんとうにだるそうでいいやつだって思うの」

「え〜？」

「わかんないでしょう？」

「わかんない」

「ふふ、ねえキスしたことある？　って、あるわけないか」

パンをのどに詰まらせそうになった。まーちゃんはせきこむわたしの背中をさすりながらあやまった。

「あはは、ごめんごめん」

そういって立ち上がると、水道の蛇口をひねって水をコップに注ぎ、わたしの顔の前に差しだした。当時、水道水を飲んだらいけませんといういいつけを守っていたわたしは、受け取ったものの、口はつけなかった。コップを右や左に持ち替えたりしていると、今度は突然「結婚したいって思ったことある？」ときいてきた。

「ない、ない」

「結婚したくないの？」

「うん。ううん。わかんない。考えたことない」

「まあそうだよね。まだ小四だもんね」

「五年だよ」

「そうだっけ」

「まーちゃんは？」

「結婚？」

「うん」

「したいよ。するよ」

「エッ。結婚するの！」

「すぐじゃないけどね」

「その、サッカーできない人と？」

「うん」

「よんで！　結婚式、よんで！」

「結婚式ねえ」

「ドレス着る？」

「ドレスかあ」

「着ないの？　じゃ着物？」

「さあ……」

「お父さんとお母さんにもういった？」

「まだ」

「いったらびっくりするよ」

「うん」

「新婚旅行どこいくの？」

「新婚旅行ねえ……」

「ハワイ？　フランス？　あっアメリカ！　ハリウッドは？　あたしも一緒についていっちゃだめ？」

「うーん……、そうだねえ。……ねえ、なんか急に眠くなってきた。そろそろ寝よっか」

「まだ全然眠くないよ」

「明日学校でしょ。寝よ」

　そういってまーちゃんは台所の床から立ち上がった。茶色い長い髪がわたしの鼻先をさらりとかすめた。お風呂に入ったまーちゃんからは、生ごみのにおいはしなかった。

「じゃあ明日また話そうよ。明日も泊まってってよ」

　自分の家なのだから泊まるもなにもないのだけど、まーちゃんは「うんわかった」と約束してくれた。

　翌朝、わたしが起きたときは、すでにまーちゃんは家をでたあとだった。「バイバイ。もう帰りません」と簡単なメモ一枚ちゃぶ台の上に残して。

　まーちゃんが帰ってこないのは今にはじまったことじゃないのに、これまでとはなにかがちがうと感じたのだろうか。両親は警察に連絡し、思いつくかぎりの場所を自分たちの足でくまなく探し回った。わたしも駅の周辺や公園を探した。生ごみ置き場に自然と目がいき、ふたり乗りのバイクを見かければ、後ろに乗っているのはまーちゃんじゃないかと観察して見るくせがついた。父も母も毎晩やつれた姿で帰ってきた。落合さんはじめ、教会の人たちから多くの助言が寄せられた。そのたびに滝に打たれたり、断食したりと、まーちゃんが無事に帰ってくるために、ふたりともできることならなんでもしていた。

わたしも両親と一緒に毎朝毎晩お祈りをした。まーちゃんが帰ってきますように。今までこんなに真剣にお祈りをしたことはなかった。二度と会えないのではないかと思うと寂しくてたまらなくなり、家でも授業中でもまーちゃんのことを思うと涙がこみ上げてきた。母の寝ている布団のなかからも、真夜中にたびたびすすり泣く声がきこえてきた。色々手を尽くしたけれど、結局、まーちゃんは見つからず、本人からも連絡ひとつこなかった。

7

まーちゃんが行方をくらましてから半年がたったある日、うちに一本の電話がかかってきた。

わたしはちゃぶ台の上に教科書をひろげてその日だされた宿題を片づけているところだった。受話器を取ったのは母で、「ちーちゃん」と呼ばれた。「スズキくんから」

「スズキ?」

すぐにはぴんとこなかった。

「……ああ、二組の鈴木くん？」

「さあ、知らないけど、ちひろさんいますかって」

母はわたしに受話器を預けると台所へと戻っていった。

「……もしもし」

「はいもしもし」

「なに？」

この時点で、一度も会話をしたこともない二組の鈴木くんが一体なんの用だろうと思っていた。相手がかっこいい人ならドキドキするのだろうけど、鈴木くんはどんな顔だったかもよく思いだせなかった。たしか背が低くてめがねをかけていたような、いなかったような……。

「……はやしちひろ？」

「うん。なに？」

「……おれが誰かわかるか？」

「鈴木くんでしょ」

「……ちがいます」

「え？」

「わからない？　おれのこと」

「二組の鈴木くんじゃないの」

「だからちがうって」

「誰？」

少し間があって、受話器の向こうからフガフガと鼻息混じりの笑い声がきこえた。気味が悪かった。切ろうとして耳から受話器を離しかけたとき、「おれ、ひろゆき」ときこえた。

「……誰？」

「おれ、ひろゆき」

「……誰？」

「だから、おれひろゆき。落合ひろゆき」

……アッ！

瞬時に頭に浮かんだのは、青いカーテンのすきまからこちらをにらみつけている太った男の子の顔だった。

ひろゆきくん。落合さんの口のきけない息子！

「思いだしたか」

「……はい」

「びっくりしたか」

「はい。な、なんで、ひろゆ」

「ばか。名前いうな」

「……」

「スズキって呼べ。おまえの親にばれたらややこしくなるだろ」

「スズキくん、なんで」

「びっくりしたか」

「……はい」

「おれほんとはしゃべれるんだぜ」

「……はい」

「びっくりしただろ」

「……はい」

「誰にもいうなよ」

「……」

「いったら殺すぞ」

「……はい」

　ひろゆきくんは、土曜日の三時に隣りの市の駅ビルの三階にあるドーナツ屋にこいといった。説明をきいても場所がよくわからないし、お金も持っていないわたしは、

「いけない」と断った。

「こい」

「お父さんかお母さんについてきてもらうなら……」

「ダメッ。ばかか」

「じゃあ、いけない。電車賃も持ってないもん」

「チッ」

「あの、長電話怒られるから……」

「わかった、おれがいく」

「ええ？」

「おれがおまえんちの近くまでいく。中尾駅だったな。駅の近くになにがある？」

「なにって」

「なんか目印になるところっ。なんかあんだろ」

「あったっけ……」

「じゃあ中尾駅の改札に三時。これでいいか」

「はあ……」

「約束やぶったら殺すぞ」

こうしてわけのわからないまま、ひろゆきくんからの電話は切れた。

土曜日、殺されたくないばっかりに三時に駅の改札へいくと、すでにひろゆきくんは待っていた。初夏だというのに黒いパーカーのフードを目深にかぶり、道案内の看板の陰から半分だけ顔をのぞかせてわたしをにらみつけていた。駅の裏手の方角を指してたっぷりと肉のついたあごをしゃくると、なにもいわずに歩きだした。

集会や研修旅行のような場所には姿をあらわさないのに、バーベキュー大会やもちつき大会のような食べものがらみの行事にはひょっこり顔をだすひろゆきくんのことを、遠くから見かけたことはあったけど、近くで見るとまるで迫力がちがった。看板から全身の姿をあらわしたひろゆきくんは、とても巨大だった。

ついていった先にはドーナツ屋があった。ひろゆきくんはドーナツを七つと、メロンソーダを二つ注文した。黙って立っていたわたしに振り向いて「おごってやる」といい、ニタリと笑った。

わたしにとっては生まれてはじめてのドーナツ屋だった。想像をはるかに超える感動的なおいしさで、ひろゆきくんの存在を忘れて夢中で食べた。チョコレートが上にかかったものを食べ終え、次に粉砂糖がまぶしてあるものに手を伸ばすと、「それはおれのだ」とひろゆきくんににらまれた。

「おまえあつかましいやつだな」

わたしは無言でメロンソーダを飲んだ。メロンソーダも普段は飲まないごちそうだった。

「音をたてるな」

口のまわりを砂糖だらけにしたひろゆきくんがいった。ドーナツに気を取られていたけど、急に帰りたくなった。

わたしがグラスを置いて下を向いて黙っていると、ひろゆきくんがおおげさにため息をついた。

「まったくおまえってやつは。今からこれじゃ先が思いやられるぜ」

と、まるでドラマのセリフのようなことをいった。わたしが顔を上げると、再びため息をついた。甘い息に吹かれてわたしの前髪がぶわっと揺れた。

「将来大丈夫なのかね、こんなんで」

「……」

「子育てとか、できんのかね」

「……」

「ね」

「……」

「ねっ、てば」

「はい……」

「おまえ、おれがなんの話してるかわかってんのか？」

首を横に振ると、またため息をついた。わたしは顔を背けた。

「なんにも知らないんだな」

「……」

「教えてやる。おれとおまえ、将来結婚するんだよ」

「エッ」

「びっくりしたか」

口をきけないでいると、「まあまだ決定じゃないけどな」ニタリと笑った。

「おまえ以外にも、候補はいるからな。誰にするか、今、選び中」

「ははは。おまえマーモセットみたいな顔してるな。マーモセット。知ってるか？」

首を横に振った。

「図鑑で調べろ。そっくりだな。おれマーモセット飼いたいんだ。でも売ってないんだ。おまえはなに飼いたい？」

「……」

「おれが質問したらこたえろ」

「い、いぬ」

「犬ね。犬もいいな。なに犬？」

柴犬、とこたえた。それからしばらく犬の話がつづいた。ひろゆきくんは結婚したら犬二匹とマーモセットとおしゃべりオウムを飼うぞといった。猫は嫌いだから飼わないぞと宣言した。「返事！」といわれてわたしは黙ってうなずいた。

店をでたときには薄暗くなっていた。駅へ向かうのかと思ったら、ドーナツ屋の裏手に手首をつかまれて連れていかれた。なにがなんだかわからないまま、がっしりと両肩をつかまれて、黒い巨大な影が目の前を覆いつくそうとした瞬間、身の危険を感じたわたしはこぶしを振り上げていた。

「イタッ」

ひろゆきくんが片手で鼻を押さえてわたしをにらんでいた。

「おまえ……」

殺されると思ったのだけど、ひろゆきくんはいきなりわたしの顔を見て笑いだした。

「あっはははははははは」

ぽかんと立ち尽くしているわたしの顔を指差して、のけぞって笑い、急に真顔になったと思ったら、「ブス！」それだけいって、背を向けると駅のほうへ歩いていった。口のなかに残るドーナツの甘さだけが本物だった。それ以外は、悪い夢でも見ている気分だった。わたし、さっき、キスされそうになったんだ！　と気がついたのは、家の近所の見慣れた児童公園の前まで歩いて戻ってきたときだった。吐き気がこみ上げてきて、危うくドーナツとメロンソーダを戻しそうになった。気分が落ち着くまでベンチに座ってやり過ごし、家に帰ってすぐにお風呂に直行した。お風呂場のなかで、なぜか涙がぼろぼろでてきて止まらなかった。そのとき、まーちゃんと交わした会話がよみがえった。ねえ、キスしたことある？

音信不通のまーちゃんがいつか無事に帰ってくることを信じて、家出から半年がたっても、父と母は相変わらず毎朝毎晩、熱心に祈りつづけていた。わたしは日がたつにつれて、まーちゃんがどこかで元気に暮らしていてくれるのならそれでいいと思うようになっていた。

もしもまた会える日がくるのなら、また真夜中の台所でパンをかじりながら同じ会話をしてみたい。そしてまーちゃんにきいてもらいたい。「されそうになったことなら、ある！　気持ち悪かった気持ち悪かった気持ち悪かった！」

8

南隼人先生は、わたしが中学三年生になった年の春に赴任してきた。始業式ではじめて先生の姿を見たときは、おおげさではなくエドワード・ファーロングみたいだと思った。南先生は、エドワード・ファーロングの東洋版みたいだ。エドワード・ファーロングは、南先生の西洋版みたいだ。

体育館の壇上で、南先生には二年一組の副担任を受け持っていただきます、と教頭先生がいったとき、二年生の列から女子たちの歓声がきこえた。その後に「二年生のすべてのクラスの数学と、三年生の一、二組の数学も担当していただくことになります」と紹介がつづくと、今度はわたしのまわりがざわついた。その日の朝、わたしはクラスがえの名簿が貼りだされた掲示板で、二組になったことを確認したばかりだった。

マイクが回され、赴任してきた先生がひとりずつ順番に自己紹介をした。南先生の自己紹介はこんな感じだった。

「みなさんはじめまして。南隼人といいます。こちらに赴任してきてまずおどろいたことは、みなさんの明るい笑顔と元気いっぱいのあいさつです。今朝も、駐車場から職員室へ向かうまでのあいだに十二名の生徒が初対面であるはずのわたくしに元気よくあいさつしてくれました。あいさつには自分も相手も元気にする効能があるようです。おかげさまで南隼人、初日からエネルギーみなぎっております。えー、じつはわたくし、こう見えて体育会系でございまして、特技は中学時代から大学までつづけたテニスです。松本先生から引き継ぎをいたしまして、今年度より女子テニス部の顧問としても、みなさんと関わっていくことになります。新一年生のみなさん、テニスは楽しいですよ。どしどし体験入部にお越しください。以上です」

先生が長身を折り曲げて深く礼をすると拍手が沸き起こった。その日の放課後、わたしは隣りのクラスの横森さんに、テニス部に入部したいといいにいった。横森さんは女子テニス部の部長で、二年生のときに同じクラスでしゃべったこともあったから、なんとかなるのではないかと思ったけど「三年生の応募は受けつけてない」という理由で断られた。

わたしの先生への想いはつのるばかりだった。数学の教科書の表紙の裏には、先生のプロフィールを貼りつけていた。

南隼人（みなみ　はやと）。五月三日、憲法記念日生まれ。二十六歳。おうし座。A型。身長一八四㎝、体重七五kg、特技……テニス、ピアノ。好きな食べ物……オムライス、ギョーザ、おすし、モンブラン。嫌いな食べ物……しいたけ。美容院は月二回。好きな女性のタイプは料理上手な人。嫌いなタイプは不潔な人。好きな国……ハワイ。いってみたい国……インド。ひとり暮らし。夏が好き。姪っ子が好き。犬も好き……。

二学期に入って最初の数学の授業で、南先生はわたしたちの顔をざっと見渡してから「いよいよ受験生の顔つきになってきたなあ」といった。

胸がズキンとした。受験が近いということは、卒業が近いということなのだ。南先生のいう「あと半年もすれば本番だぞー」は、「あと半年もすればお別れだぞー」にきこえるのだった。

せめて一学期の期末試験で欠点を取ればよかったと思った。欠点を取った生徒は、夏休み中も南先生の補習を受けることができたのだ。前年まで数学は一番苦手な科目だったのに、三年生になってからは南先生を好きなあまり、数学まで好きになってしまい、試験では平均点をはるかに上回る点数をもらってしまった。

欠点を取った高木さんに話をきくと、先生は毎回テニスウェアで授業をしたのだそうだ。授業自体はつまらなかったけど、最終日には全員にジュースをおごってくれたということだ。「チキショ海いきてえー」と高木さんがいった。南先生のものまねだそうだ。窓の外を眺めながら、ことあるごとにそういっていたらしい。チキショ海いきてえー、は補習を受けた生徒たちのあいだで、その年の夏、一番の流行語になっていた。

夏休み明けの南先生は、真っ黒に日焼けしたせいか、エドワード・ファーロングとは少し雰囲気がちがって見えた。だけどかっこいいことには変わりない。エドワード・ファーロングに似ていようがいまいが関係なかった。南先生のことが好きだ。教壇に立つ先生を見つめていられるのもあとわずか。二学期の途中から、わたしはもう授業なんてきいていなかった。ではなにをしていたか。南先生の似顔絵を描いていた。

「卒業」の二文字を意識しだしたころから描くようになり、その枚数は着々と増えていった。

後ろのほうの席からは、ひそひそ話がきこえてきた。

――見てよあれ。

――ああ。

――また描いてる。

――ほんと。

――あれ何枚目かな。

――さあ。

――よく飽きないよね。

――なあ。

声のしたほうに振り向くと、二列後ろの席の斎藤さんとその隣りの島本くんと目が合った。斎藤さんが口パクでわたしに伝えた。か、い、て、る、ね。

うん。わたしはうなずいた。

――なんまいめ？

両手で九の数を作って見せると、ふたりは顔を見合わせて声をださずに笑った。

自分から発表した覚えはないのだけど、わたしの気持ちは二組のみんなにばれていた。

南先生の絵見せて、と声をかけられ、はじめは「絵？　絵ってなんのこと？」とすっとぼけていたのだけど、あまりにもたびたび声がかかるので、途中からとぼけるのも面倒になってきて、いわれるがまま見せるようになった。レポート用紙に描いた絵は、透明のファイルにはさんで一枚ずつ綴じていた。それを見たときのみんなの反応は、意外にも好意的なものが多かった。

うまいとはめったにいわれなかったけど、「すごい」といわれた。「やばい」というのもいい意味に受け取った。爆笑された挙句「おもしろい」といわれると、少し傷ついたけど、あとからあらためて自分でファイルをめくって見てみると、たしかにおもしろいものもあった。

クラスメイトたちは、思いついたことをポンポン口にした。一番多いのが「先生に告白してみたら」というものだった。

「大丈夫だよ。絶対うまくいくから」

「当たって砕けろ」

「先生喜ぶと思うよ」

「がんばれ応援してるから」

と、こんなのばっかりだった。

「ひとりで告白する勇気がないならついていってあげようか」

「あたしもいきたい」

「おれも」

「あたしも」

「よし、みんなでいこうぜ」

「いつにする？」

「ちょ、ちょっと待ってよ。そんなこといって、みんな、わたしが告白してふられるとこを柱の陰から見て笑うつもりなんじゃないの？」というと、「あ、ばれてる」アハハハ、と笑っていた。

告白をする勇気はないけれど、じつはひそかに考えていることならあった。わたしが描きためていた先生の似顔絵。卒業までに何枚描けるかわからないけど、完成したなかから一番できがいいのを一枚選んで、それに色を塗り、卒業式の日に先生にプレゼントする、というものだ。南先生の好きなモンブランも一緒に。メッセージカードも添えて。

メッセージはあからさまなものでなくて、控えめなのがいい。「楽しい授業をありがとうございました」とか「ほんの感謝の気持ちです」とか……。

似顔絵とモンブランを受け取った先生は、「サンキュ」と照れくさそうに笑い、わたしの頭をくしゃくしゃポンポンしてくれるのだった。

9

「あいつテニス部の女子に手だしてるってうわさあるよ」

帰り道、なべちゃんがいった。中学に入って女子バスケットボール部に入部したなべちゃんは、二年生の途中から三年の夏までキャプテンを務めあげた。小学校以来、二年ぶりに同じクラスになったこともあって、部活を引退してからは、毎日一緒に帰っていた。

「知ってるよ」

「気持ち悪いと思わないの？」

「だってうわさじゃん」

はーっとため息をついた。「どこがいいんだか全然わかんない」

なべちゃんには同じバスケ部の彼氏がいたけど、夏休みのあいだに別れた。別れた理由は「頭悪いから」だった。一年生のときからつきあっていたのだからそんなのわかっているはずなのに、突然そんな理由で別れを切りだされて彼氏も気の毒だ。四組の新村《しんむら》くんという男子だけど、なべちゃんに未練があるらしく、昼休みや放課後に二組まできて、扉の陰からなべちゃんのことをチラチラ見ていた。それが余計になべちゃんをイライラさせるようで、関係のないわたしにまでとばっちりがくるのが迷惑だった。

「もしかしてなべちゃんうらやましいんじゃないの」

「はあ?」

「わたしが恋してるから。うらやましいんなら早く次の相手見つければ」

そういうと、なべちゃんはムッとした。

「悪いけどいるから。すでに。次の相手」

「うそばっかり」

「ほんと」

「誰」

「こないだ話したでしょ。美咲と美咲の彼氏とその友達と四人でピザ食べにいったの」

「きいたけど」

「その人」

「宮前高校の？」

「そう」

「ふーんよかったね」

「ふたりで映画もいったし」

「いいじゃん」

「そのときクラスの集合写真見せたらあんたのことかわいいって。別の友達つれてくるから今度四人で会おうだって」

「なんなのそれ」

「断った」

「ふーん」

「この子あやしい宗教に入ってるよっていったら、向こうも、じゃあやめとこうだってさ」

「あっそ」

「だってほんとのことだもんね」

小学校時代からのことなのでもう慣れてしまったけど、なべちゃんは時々わざと意地悪なことをいう。一度など、わたしのことを「本当の友達かどうかわからない」と堂々といってのけた。偶然、小学校帰りのなべちゃんの弟とばったり会った日の翌日のことだった。朝、なべちゃんはわたしの席までやってきて、「昨日さあ、うちの弟に会った？」ときいてきた。うん、とうなずくと、「弟がね、姉ちゃんの友達と会ったよっていうんだけど、誰のことかわかんなかったの。特徴からするとあんたなんだけど、あたしのなかじゃ、友達って単語とあんたが結びつかなかったの。わかる？」わかんない、とこたえた。「だからね、人からあんたのことをこの人誰ですかってきかれても、なんて説明したらいいかわかんないのよ。友達ですって言葉がすぐにはでてこないの。わかる？」

わからなかったけど、さすがに傷ついた。もちろんわたしは友達だと思っている。中学に入ったばかりのころ、わたしがひとりで休憩時間を過ごしていると知ったなべちゃんは、次の日の休憩時間からバスケ部の友達をふたり連れて、授業開始のチャイムが鳴るまでわたしの教室で一緒に過ごしてくれた。なべちゃんを通じて少しずつバスケ部の子と仲良くなっていくにつれて、クラスメイトともいつのまにか普通におしゃべりできるようになっていた。

スポーツ万能でありながら、わたしより優秀ななべちゃんは、来年の今ごろはおそらく宮前高校の制服を着ていることだろう。わたしはうまくいけば瀬乃高校。別々の高校を受験するのになぜかなべちゃんとは別れの予感を感じないのは、それぞれちがった制服を着ていながらも、来年の今ごろもこうして並んで歩いているところを想像できるからだった。

若干険悪なムードを残しつつも、わかれ道に差しかかると、わたしたちはいつもと同じように手を振ってわかれた。


家に帰ると、玄関には鍵がかかっていた。両親とも昼から落合さんのところへいってくるといっていたのを思いだした。帰りは夜になるだろう。ちゃぶ台の上に郵便受けから取りだしたチラシの束を置いて、冷蔵庫を開けてみると、豆腐と蒸かしたじゃがいもが入っていた。どちらもわたしの好物だ。お腹が空いていたので、制服を脱いで着替えて、早速豆腐を半分に切ってしょうゆをかけてスプーンで食べた。食べながら、歴史の年号を暗記した。夜型とか朝型とかあるけど、わたしは夕方から夜にかけての、家に誰もいないこの時間が一番勉強に集中できた。うちは二部屋しかないので、両親がいたらふたりの話し声が丸聞こえだし、わたしもついついおしゃべりに参加してしまうからだった。過去四回引っ越しをし、そのたびに我が家はどんどんせまくなっていった。新しい引っ越し先を見にいくたびに、そのうち我が家は消えてなくなるんじゃないだろうかと思った。

まーちゃんがでていったあと、両親にばれないようにまーちゃんの洋服やバッグや教科書を少しずつバザーにだした。そのぶん部屋は広く感じられるはずなのだけど、新しく購入した祭壇が場所をとっているせいで、常に圧迫感があるのだった。夜七時、祭壇に背を向けて勉強していると、父と母が帰ってきた。

手にはポリ袋を提げていた。そのぼこぼこのふくらみかたから、中身はじゃがいもだとわかった。落合さんの奥さんの田舎は秋田だったか青森だったか、たしか東北のほうで、奥さんの弟さんはじゃがいもを作っているそうだ。いつも大量に送られてくるのをうちにもおすそわけしてくれる。じゃがいもだけでなく、落合さんの家には食べるものがありあまっているのか、お菓子だとか土のついた野菜だとか、お宅にお邪魔するたびに、両親はいつもポリ袋いっぱいに食料をもらって帰ってきた。この日はじゃがいも一袋と、もう一方の袋にはあずきと、みかんとりんごと、奥さんの手作りクッキーが入っていた。

「奥さん朝からたくさん焼いてくださったのよ。ちーちゃんもくると思ってたんだって」

「今日木曜日だよ」

「今日は学校ですっていうと残念がってらしたわよ」

「わかりそうなもんなのにね」

「ほら、ひろゆきくんが学校いってないからピンとこないのよ、きっと」

「ふうん」

クッキーはきれいにラッピングしてあった。リボンをほどいてなかから赤いジャムがのっているのを一枚つまんで口に入れた。おいしかった。奥さんのクッキーは昔から、いつ食べてもおいしい。

「日曜日は集会いくんだろ」

父がコップに水を注ぎながらいった。

「うん」

「落合さんも少し顔をだされるそうだから、ちーちゃん、お礼いうの忘れずにね」

「落合さんが？　珍しいね」

「海路さんたちとミーティングがあるらしいよ」

「へえ」

「ちーちゃんお腹すいてる？」

「少し。さっき豆腐食べたから」

「そう。晩ご飯どうしようか」

「ご飯と豆腐の残り食べるからいいよ。クッキーもあるし」

父も母もあんまり食事をとらない。一日一食か、一食半くらいだろうか。ふたりとも、お腹すかないんだそうだ。一家のなかではわたしが一番大食いだった。クッキーをつまむ手が止まらなかった。クッキーをかじっている横で、ふたりは水をちびちび飲みながら、落合さんのところできいてきたばかりの話を楽しそうにしゃべっていた。

母は昔みたいにあれを食べろこれは食べるなといわなくなっていた。お米だけは白米じゃなくて玄米を炊いていたけど、わたしがインスタントラーメンを食べようが菓子パンを食べようが一切かまわなくなった。かといってほったらかしにされているわけでもなかった。単純にわたしの健康状態は百点満点中百点で、母の心配の種になるような要素がひとつもないということなのだ。

なべちゃんやほかの子の話をきいていると、我が家は比較的会話の多い家庭のようだった。たとえば、子供のころからのくせが抜けなくて、中学三年生になってもその日のうんちの状態をきかれてもいないのに毎朝報告していたし、集会できいた話や、学校であったことや、好きな人の話なんかもよくした。今までに好きになった人は、全員報告してきた。ゆうとくんも、たくやくんも、西条くんも、エドワード・ファーロングも、秋山くんも、名前も知らない中学生も、森田くんも、神崎先輩も、田井くんも、南先生も、全員。

南先生の写真を見せたときは、「なかなか男前じゃないか」と父がいい、「ほんとに」と母がうなずいた。誰の、どんな話をしても「今度うちに連れておいで。ちーちゃんの好きな人なら大歓迎だ」と必ずそういう父が、このときもまったく同じことをいった。

「そんなの無理だよ。普通、先生は生徒の家に遊びにいったりしないもん。担任なら家庭訪問とかあるけど、南先生は二年生の副担任なんだからうちにはこないよ」

そういうと、父は残念そうな顔をした。

このとき、自分でいって気づいたのだけど、もし南先生が担任だったらうちに家庭訪問をしにきていたということだ。母と、もしかしたら父にも対面することになっていたのかもしれない。部活のとき以外は高そうなスーツを着こなしている先生とちがって、お世辞にもきれいとはいえない恰好をしているうちの両親を見たら、先生はどんな反応をするだろう。今日だって、父と母は五年くらい前にバザーで手に入れたおそろいの緑色のジャージを着て電車に乗り、落合さんの家にいってきたのだ。見慣れている人なら今さらなんとも思わないだろうけど、知らない人から見ればあやしい中年夫婦に見えるのではないだろうか……。

「どうした？」

わたしの視線に気づいた父が不思議そうにたずねた。

「ううん、なんでもない。クッキー食べ過ぎたのかな。口のなか甘ったるくなってきた」

水を取りにいこうとちゃぶ台に手をついて立ち上がった拍子に、重ねて置いておいたチラシがぱらぱらと畳の上に落ちた。拾い上げようとしたときに、チラシとチラシのあいだに一枚のハガキがはさまっているのに気がついた。

手に取って見ると、わたし宛てのハガキだった。裏返すと「七回忌法要のご案内」とあった。

「アッ」

わたしは両親にハガキを見せてガッツポーズした。

「どうしたの」

「七回忌法要のご案内がきた！」

法要というものが毎年おこなわれないのはなぜだろう。半年に一回、なんなら一カ月に一回でもいいくらいなのに。前回の法要はわたしが小学五年生のときだった。死んだおばあちゃんの三回忌法要に、一家を代表してわたしはひとりで参列したのだった。

その前にも法要はあったはずなのだけど、わたしたち一家は呼んでもらえなかった。おばあちゃんの葬式で、父と母がお坊さんが唱えているお経とは似ても似つかないお祈りのことばを、けっこうな大声で唱えはじめて、すぐに退場させられたことが原因だと思う。

ひょっとすると、声はかかったけど父と母のほうから出席を拒否したのかもしれない。小学五年生のときに突然届いた「法要のご案内」のハガキの宛名に書かれていたのは、両親の名前ではなく、まーちゃんとわたしの名前だった。まーちゃんが家出をする前のことだけど、相変わらずめったに家に帰ってこないし連絡もつかなかったので、わたしは「ひとりでもいけるよ」と両親にいった。最初はいく必要ないといっていた両親も、しつこくお願いしたら許してくれた。

当日、わたしは朝から腹ペコだった。寝坊して朝食を食べる時間がなかったのか、家に食べるものがなにもなかったのか、今では覚えていないけど、とにかく空腹を抱えたまま電車に揺られて法要会場におもむいたのだった。

ひとりぼっちの心細さよりも、空腹のつらさのほうが勝っていた。お坊さんの読経とありがたいお話がやっと終わり、待ちに待った昼食の時間になった。大人たちのあとについて三階の食事会場までいき、案内された席に着いたときにはふらふらになっていた。目の前の大きなお弁当箱のふたを開けた瞬間、思わず「わっおいしそう！」と叫んでしまった。

大人たちの視線が一斉にこちらに注がれたのがわかった。恥ずかしくて下を向いていると、「お、ほんとうだ」と、男の人の声がした。「うまそうだ」

顔を上げると、斜め前に座っていた黒のスーツ姿の男の人がにっこり笑ってこちらを見ていた。

「久しぶりだね、ちひろ」と、その男の人はいった。「二年ぶりかな？」

いとこのしんちゃんだと気づくのに数秒かかった。しんちゃんは高校三年生になっていた。

わたしたちはお弁当を食べながら、久しぶりに色んな話をした。学校生活のようすをたずねられ、先月、野外活動ではじめてキャンプにいった話をした。みんなで作ったカレーを食べて、飯ごうで炊いたご飯を食べて、夜は先生たちがお化け役になって肝試しをして、夜中にお腹をこわして大変だったけど楽しかった話。キャンプか、いいなあ、としんちゃんは目を細めて笑った。来年は修学旅行だろ、どこいくの、ときかれて「京都」とこたえた。「いけるかどうかはわからないけど、でもキャンプが楽しかったからべつにいけなくてもいいや。ねえこの卵焼き食べた？　すっごくおいしいよ」

しんちゃんは自分の卵焼きをはしでつまむとヒョイとわたしのお弁当箱のなかに移した。わたしはお礼にたけのこをしんちゃんのお弁当箱のなかに移した。しんちゃんは来年東京の大学を受験することや、女の子にふられてばかりのお調子者の友達の話をきかせてくれた。おじさんとおばさんとまーちゃんは元気かときかれ、わたしはおかずをほおばりながら元気、元気、とこたえた。

「またあのおいしいお弁当を食べれるのか……」

ハガキを手にして空を見つめるわたしの頭のなかに、甘くて大きな卵焼きや殻つきのエビ、黄色い栗、かまぼこや肉団子などのおかずが次々浮かんだ。

10

昼休み。トイレから戻ってくると、扉の陰から教室のなかをこそこそのぞく不審者の後ろ姿を発見した。

「怪しい人！」

背中に向かって大声をだすと、「きゃっ」と短い叫び声を上げて大きな体をビクッと震わせた。学校で一番の背の高さに似合わず、警戒心の強い小動物みたいな動きだった。

「ほんとに怪しい……」

「なんだ、林か。びっくりさせるなよ」

「最近この近所でよく目撃されてる不審者って新村くんのことなんじゃないの？」

「失礼なやつ」

「なべちゃんのぞきにきたの」

「のぞきにきたっていうな」

「呼んであげようか？」

「いや、いいよ。そういうのじゃないから」

「でも用があるんでしょ」

「用っていうか、もしひまそうなら、べ、勉強を、教えてもらおうと思って」

新村くんは手にしていた数学の教科書とノートを胸の高さまで上げてみせた。

「似合わないね……」

「うるさい」

「自分のクラスの人に教えてもらえば？　ほら見て、なべちゃん今全然ひまそうじゃないよ。忙しそうだよ」

「……マキより教え方がうまいやつなんてうちのクラスにいないからな」

「それきいたらなべちゃん喜ぶよ。伝えてきてあげようか」

「あっ。余計なことしなくていいって」

なべちゃんの机の上は作文用紙であふれ返っていた。かわいそうななべちゃんは、ホームルームでじゃんけんに負けて卒業文集の制作委員に任命されてしまったのだ。

わたしが新村くんの「し」しか口にしていないのに、なべちゃんは重ねられた作文用紙から顔を上げることもせずに「やだ」といった。


「いやなんだって」

「おまえ、なんていったんだ」

「まだなにもいってないんだけど」

「……もういい。出直すわ」

「がんばるねえ」

「許してもらえるまではな」

「許すもなにも、もう終わったことなんでしょう」

「……えらそうなやつだな。南のストーカーのくせに」

「なべちゃんのストーカーのくせに」

「おまえ、なにを知ってるんだよ」

「べつになにも。別れたってこと」

「別れてねえよっ」

大きな声だったので、まわりにいた何人かが振り向いた。なべちゃんの席まできこえたと思うけど、なべちゃんは一切振り向かなかった。廊下の手洗い場に移動して、話のつづきをきいた。

新村くんの説明を信じるなら、ふたりのおつきあいはつづいていて、ただ、「現在けんか中」ということになる。けんかの原因はくだらなかった。なべちゃんがふたりで宮前高校にいきたいといったのを、新村くんが断った、それが原因だった。新村くんはどうしても西島工業高校にいきたいらしい。スポーツが盛んで、新村くんが中学三年間打ちこんだバスケットボール部の強豪校としても有名な高校だ。

ただし、新村くんはバスケをするためにその高校へ進みたいのではなかった。

「西島工業って修学旅行、オーストラリアなんだ」

「だから？」

「オーストラリアだぞオーストラリア。いきたくないのかオーストラリア」

「修学旅行先で志望校選ぶの？」

「悪いか」

「そんなの、新婚旅行でいきなよ」

「新婚旅行はフランスがいいってマキがいうんだ」

「……」

「あいつ世界遺産とか好きだろ。あるんだろフランスに、古い城が。城とエッフェル塔見たいんだって。おれはそういうの全然興味なくて、大自然とかコアラが好きだから。あとさ、機内食って一回食べてみたいと思ってたんだ」

「……しょうもな」

「なんだよ。じゃあおまえはどうやって高校選ぶんだよ」

「わたしはみんなと同じだよ。少しがんばれば入れそうなところ。私立は無理だから公立で、あとバイトOKなところ」

「バイトか。それは大事だな。じつはおれもうバイト先決まってるんだ。先輩の紹介で。西島工業受かったら春休みから高校の近くの回転ずし屋で働くんだ。大平すしって知ってる？」

「知ってる。前とおったことある」

「週四のペースで働くつもり。食べにこいよ」

「いくいく。友達割引とかないの？」

「さあ、それはわかんないけど、こっそりイクラ多めに盛りつけてやったりできるかもな」

「ほんと？　甘いものもある？」

「おう。アイスとかプリンとか。おれが前いったときはチョコレートケーキもあったぞ」

「チョコレートケーキ！　こっそり二個回してくれる？」

「うーん、できたらな」

「約束！」

「なんの約束？」と、すぐ横で声がして振り向くと、なべちゃんが手洗い場の水道で手を洗っていた。

「なべちゃんも一緒にいこうよ。新村くんのバイト先。週四で働くって」

なべちゃんは冷ややかな目をわたしたちに向けると、ハンカチで手を拭きながら教室に戻っていった。

帰りのホームルームが終わったあと、机の上に作文用紙をひろげたなべちゃんのところへいって、「なにか手伝うことある？」と声をかけた。「大丈夫」と返ってきたけど、かまわずに前の席に腰を下ろした。

「字のまちがいがないか、チェックしたらいいんだね」

なべちゃんは返事をしなかったけど、わたしが用紙をぱらぱらめくっていると「そっち終わったから、こっちの、四組の女子から見ていって」と机のなかから新たな用紙の束を取りだした。

「了解」

しばらく作業をつづけていると、教室に残っておしゃべりしていた子たちの人数も減っていき、いつのまにかふたりだけになっていた。

「……先に帰ってもいいのよ」なべちゃんがいった。

「いいよ。帰ってもすることないもん」

「受験勉強は」

「今日のぶんはさっきの自習時間にやったんだ」

「ふーん」

「なべちゃんだって受験勉強あるでしょ」

「あたし夜型だから」

「そっか」

「……ねえ、さっき、なんで新村に西島工業すすめるようなことといったのよ」

「さっきって、昼休み？　いってないよそんなこと」

「盛り上がってたじゃん。バイト先に遊びにいくとかいって」

「あれは話の流れでつい……」

「あいつ、オーストラリアにいきたいから西島工業いくっていうのよ」

「きいた」

「努力次第でもっと上狙えるのに。受かってもないのにバイト先まで決めちゃって」

「バイトはさあ、話きいてみるとなべちゃんのためにするみたいだよ。デート代稼いだり、バイクの免許取ったり」

「なんでバイクの免許取るのがあたしのためなの」

「さあ。ふたり乗りして海とかいきたいんじゃない？」

「海嫌いなんだけど」

「ねえ、とっとと仲直りしなよ。それともほんとに別れるつもり？」

「……」

「いい人だと思うよ。新村くんは」

「じゃああんたつきあう？」

「それは、ちょっと、タイプじゃないっていうか……。カッコ悪くはないんだけどね」

「めんくい」

「ごめん」

「あんたはいいよね。片思いばっかで」

「それイヤミ？」

「いや楽しそうだなあと思って」

なべちゃんは作文用紙を一枚ぴらっと手に取った。わたしの書いた作文だった。

「あ、読んだ？」

「文集制作委員だもん」

卒業文集用の作文のテーマは自由だった。わたしは五月の合同登山の思い出をつづった。中学三年間で南先生と共有できた唯一の学校行事といったらこの登山遠足しかなかったのだ。

南先生は標高八〇〇ｍの、通称でんでこ山の頂上でバック転を披露した。女子たちにアンコールをせがまれて合計で五回も回転していた。教頭先生からおやめなさいみっともないと注意されなければ、もっと回っていたかもしれない。空中で先生の着ていた白いＴシャツがめくれてお腹が見えた。その光景だけが、中学三年間の学校行事のなかでダントツにすばらしい思い出となった。

先生の腹筋にくぎづけになった話は書かなかったはずなのだけど、さすがなべちゃん、「この、山頂に吹きつけた五月のさわやかな風も生身の肉体から発せられる熱の温度には敵わなかった、って南のことといってんでしょ」とずばりいい当てられた。

「芽吹いたばかりの新緑が瞳にまぶしかった、だって!」

「声にだして読むのやめてくれる?」

「ポエムじゃん!」

だんだん恥ずかしくなってきて、席を立って自分の机から水の入ったペットボトルを取ってきた。のども渇いてないのにゴクゴク飲んだ。

そのようすを見ていたなべちゃんが「もっと大切に飲めば?」といった。「高いんでしょその水」

「コンビニの水よりは高いけど、うちは会員価格でまとめ買いしてるから」

「ひと口ちょうだい」

わたしはペットボトルを差しだした。小学生のころからなべちゃんは何度もこの水を飲んだことがあった。そのたびにまずいといった。

「まずい」

やっぱりいった。

「じゃあ返して」

まずいということはないのだ。味はふつうだ。

「あたしならジュース飲むけど」

「ジュースと比べないでよ。特別な水なんだから。有名な学者が認めてるんだから」

「有名な学者って誰？」

「名前忘れたけど、どっかの大学のえらい人」

「その学者実在するの？　にせものか、架空の人物なんじゃない？」

「ない、ない。海路さんの親戚に当たる人なんだから」

「ほんと？　じゃあその、かいろさんっていう人がだまされてるんじゃない？」

「誰に？」

「だから、にせものの学者に」

「なにいってんの。海路さんの話したことあるでしょ。超エリートでお金持ちの」

「あのデブでうそつきの」

「それはひろゆきくん！　海路さんは英語とドイツ語ペラペラの人。海路さんの彼女もかしこくて同じ大学でてて――」

「ああ、きいたことあるかな。オーラが見えるっていう彼女でしょ」

「そう。昇子さん」

「しょうこさんって人もだまされてたりして」

「それは絶対にない」

あの海路さんや昇子さんが誰かにだまされているところなんてまったく想像できない。それとは逆に、海路さんにだまされたと被害を訴えている女の人がいる、といううわさをこれまでに何度か耳にしたことがあるくらいだ。もちろん、どれもたちの悪いうわさ話だ。

「でね、そのにせものの学者も誰かにだまされてるの」

と、なべちゃんはまだ話をつづけた。

「誰に？」

「知らない」

「適当なこといわないでくれる」

「でね、その学者をだました誰かも、やっぱり別の誰かにだまされてて、その別の誰かもそのまた別の誰かに」

「もういいって」

わたしがさえぎると、なべちゃんは一旦は口をつぐんだ。ボールペンを手に取ったので作業再開かと思ったら、すぐに顔を上げて「……ねえ」と、また口をひらいた。

「なに」

「あんたはどう？」ときいてきた。

「なにが」

「だまされてるの？」

「わたし？　だまされてないよ」

そのあと妙な沈黙があった。

わたしはなぜだか少しのあいだ固まってしまった。

なべちゃんはなにもいわずにボールペンを握り直すと、作文用紙に目を落とし、再び作業に取りかかった。

教室の後ろの扉が開く音がした。わたしもなべちゃんも作業に没頭していたので、同時におどろいて振り返った。

後ろの扉からきょとんとした顔をのぞかせたのは、新村くんだった。

「もう。びっくりするじゃない」となべちゃんがいった。

「そんなにびっくりした？」といいながら教室に入ってきた新村くんの顔は、どこかうれしそうだった。今の彼はなべちゃんからの反応ならどんなものであれ、うれしいのかもしれない。

「なにしにきたのよ」

「文集の編集作業手伝ってくれってたのまれたんだ、林に」

なべちゃんがわたしをにらんだ。

「だって、三人のほうが早く終わるじゃん」

「そうだよ。日が暮れる前に片づけようぜ」

新村くんはガタガタとなべちゃんの隣りの席のいすを引いて腰かけた。


教室に入ってきたときは腕まくりなんかしていたのに、だんだん飽きてきたのか、新村くんは途中から文集にのせる写真やイラストを眺めたり、ほかの生徒の作文を読んでただ笑ったりあくびをしたり、全然役に立たなくなってしまった。

わたしも似たようなもので、チェックしたつもりでも、あとでなべちゃんに見逃した箇所をたくさん指摘された。せめて作文が出席番号順に並んでるかだけでも確認してといわれて、新村くんとその作業を終えると、あとはすることがなかった。

「いいよ。あとはひとりでできるから」

同時にあくびをしたわたしたちに、なべちゃんはいった。冷たい口調だったのでしまったと思ったけど、目元は笑っていた。

「ふたりとも、半分寝てる」

「寝てない寝てない」

「さあなにしよう。なんでもいってくれ」

新村くんが慌てて袖をまくり直しながらいった。

「そうだ。のど渇かないか。おれジュース買ってくるよ。なにがいい？」

「そう？　じゃあオレンジ」なべちゃんがいった。

「林は？」

「これがあるからいい」

机の上のペットボトルを指差していった。

「高そうな水だな」新村くんはペットボトルの金色のラベルをしげしげと見つめてから、「一分で戻る」といい、小銭入れだけ持って教室からでていった。

「新村くんやさしいね」

「そうかな。自分がのど渇いてただけじゃないの」

「やさしいよ」

「じゃつきあえば」

「……さっきも同じような会話しなかった？」

「した」フッ、となべちゃんが笑った。

「ふたりは結婚するんだね」

「なに、急に」

「しないの？」

「そんなの、わかんないよ、そんな先のこと」

珍しいことになべちゃんの顔が赤く染まった。

「でも新婚旅行の行先は決まってるんでしょ」

「はあ？」

「フランスなんでしょ」

「……あいつしゃべったの」

「いいなあフランス」

「いかないよフランスなんか」

「えー？　いかないの？」

「いかない。いきたければあんたいけば。新村と新婚旅行で」

「なんでわたしが」

バタバタと廊下を駆ける音が近づいてきた。いきおいよく扉が開いて、紙パック入りの飲み物を左右の手にひとつずつ握った新村くんが教室に飛びこんできた。

「は、はかっといてくれた？」

肩でゼエゼエ息をしていた。

「なにを？」

「じ、時間。一分で、戻るって、いっただろ」

「知らないよそんなの」

「なんだ、よ。がん、ばったのに」

荒い呼吸でそういいながら、なべちゃんにオレンジジュースを手渡すと、自分はカフェオレのパックにストローを突き刺した。

なべちゃんはひと口だけ飲むと、再び作文用紙に視線を落とした。カフェオレを飲んで元気になった新村くんも三度目の腕まくりをしてから作文用紙の束を手に取った。わたしは薄紫色に染まった窓の外に目をやった。さっきまできこえていたはずの運動部員のかけ声やテニスボールを打つ音は、いつのまにかきこえなくなっていた。

誰もしゃべろうとしなかった。わたしたちは黙々と作文をチェックした。ぱら、とたまに用紙をめくる音とボールペンを走らせる音だけが、静まり返った教室に響いた。

きゅるるるる、と不意に誰かのお腹が鳴った。三人で顔を見合わせたそのとき、教室の前の扉がガラッといきおいよく開いた。「きゃっ」新村くんが甲高い叫び声を上げた。

「なんだー。おまえらまだいたのか」

扉の向こうから顔をのぞかせたのは南先生だった。

「なんだ南か。あーびっくりした」

「もうとっくに下校時間過ぎてるぞー」

「卒業文集のチェックしてるんです」となべちゃんがいった。「延長届はだしてます」

南先生は腕時計を見た。

「延長は六時半までだろ。五分過ぎたぞ」

「つづきは明日にするか」と新村くんがのびをしながらいった。

「早く帰らないと親御さんが心配するぞ」

「まだ六時半じゃないすか」

「六時半でも、もう外真っ暗だぞ」

「先生はまだ帰んないの？」

「帰るよ。おまえらが教室からでていったらな。だから早くしてくれ」

「帰るんだったらさ、ついでに送ってってよ」

新村くんがにやにやしながらいった。

「ばかいうな」

「なんで。車だろ」

「だめだめ。歩け。若いんだから」

「なんだよケチ。危険な夜道を中学生だけで歩かせる気かよ」

「夜道って、まだ六時半じゃないか」

「六時半でも、外真っ暗なんだろ。……それともあれですか。南先生はテニス部二年の桜井あやかなら送っていくのにおれたち文集制作委員は送っていかないない主義ですか」

「あっ、あれは桜井が足をくじいて……」

新村くんがんばれ、という気持ちと、もうそのくらいで、という気持ちが複雑に交錯していた。結局、南先生が折れた。十五分後、わたしたちは南先生の黒い車に乗っていた。

想像もしなかった展開になってしまった。まさか南先生の車の助手席に座ることになるとは。わたしのすぐ隣りに、南先生の横顔があった。乗用車に慣れていないわたしはシートベルトを装着するだけであたふたと手間取ってしまい、後部座席に座っていたなべちゃんが手を伸ばして手伝ってくれた。「落ち着きなよ」耳元でなべちゃんのささやく声がした。

車が発車すると、南先生と新村くんは、隣りの町にできた大型のショッピングモールについてしゃべっていた。映画館も併設されているらしく、話題は映画の話へと移っていった。南先生はキャメロン・ディアスが好きなんだそうだ。おすすめは『真夏の出来事』だといった。

「林も映画好きじゃなかったっけ？」

新村くんが助手席のわたしに話を振ってきた。うん、とわたしは前を向いたままうなずいた。ちょっとでも後部座席のほうを向こうと顔を動かすと、そのぶん南先生の横顔との距離がせばまるため、うかつに視線を動かすこともできなかった。

「へえ。好きな映画、なに？」

南先生がこちらを向いた。

なにも浮かばなかった。今までに見た映画、見ていない映画、映画ならなんでもよかったのに、なにひとつとしてでてこなかった。ターミネーターのタの字さえも。

車のなかに気まずい沈黙が流れた。

「えーと、あれ。あれだよな」新村くんは助け舟をだそうとしてくれた。「トトロだよな」

「へえ。女の子はみんなトトロが好きだな」と南先生がいった。

わたしはとうとうひと言も会話に参加できなかった。なべちゃんはきかれた質問にぽつぽつこたえるくらいで、自分からは話そうとしなかった。窓の外を見ているか、寝ているのかもしれなかった。

三人のなかでは、わたしの家が学校から一番近かった。助かった。家が近い人から順番に車から降りることになるから、一番遠かったら南先生と車中にふたりきりということになる。それは耐えられそうになかった。

うちの近くの児童公園に差しかかったところで車を停めてもらった。

「ありがとうございました」

目は合わせられなかったけど、最後は先生にきこえるくらいの声でお礼をいうことができた。

「家の前まで送っていかなくていいのか」

「はい、この公園のすぐ裏なんで」

「気をつけて帰れよ」

「はい」

「バイバイ」

「バイバイ」

なべちゃんと新村くんと手を振り合って、助手席のドアを開けて外にでようとしたとき、突然南先生に「待て」と右腕をつかまれた。

思わずイタッと声を上げてしまうほどの、強い力だった。

「まだ外にでるな」

今までで一番近くに南先生の顔があった。青白い車内ライトがくっきりした目鼻立ちに影を作って、外国人のようだった。

先生はわたしの後ろを見ていた。

「なんだよ。どうしたんだよ」

後部座席から新村くんが顔をのぞかせた。

「あそこに変なのがいる」

南先生はわたしの後ろ側のガラス窓のその向こうに視線を合わせたまま、指を差していった。

「変なの？」

「あれだよ。ベンチのところ」

わたしも振り返って南先生の視線の先を目で追った。

闇に包まれた公園内を照らす明かりは、背の高い三本の外灯だ。そのうち入り口付近に立つ一本が、昼間はお年寄りたちの休憩所になっているベンチをあたたかそうなオレンジ色で照らしていた。

ベンチにはふたつの人影があった。そこにいるのはわたしの父と母だった。

「あれ？　あれって……」と新村くんがいった。わたしの目はベンチにくぎづけだった。

「二匹いるな」と、南先生がいった。

母は水の入ったペットボトルを持っていた。おもむろに手を伸ばし、隣りに座る父の頭の上の白いタオルに、その水をチョロチョロかけてやっていた。

「……今朝、全校朝礼でもいってただろう」南先生の低い声がどこか遠くのほうできこえていた。「最近増えてんだよ、季節はずれの不審者が……」

今度は父が、母の持っていたペットボトルを受け取って、水を母の頭の上にかけてやった。いつもと同じやりかただった。母の頭の上のタオルが乾いていないかたしかめるときの父の手つき、ペットボトルのキャップを開ける指の動き、母の、父に向かってわずかに下げる頭の角度、ボトルの口からチョロチョロと流れでる水の細さ。わたしには、そのすべてが見慣れた光景だった。

それなのに、はじめて見たと思った。

ひととおりの動作を終えると、父はペットボトルのキャップを閉めた。母とふたり、同時にベンチから立ち上がって、暗闇がひろがる公園の奥へとゆっくり歩いて消えていった。

「……やっといったな」先生がわたしの腕を離した。「念のため、ダッシュで帰ったほうがいいぞ」

わたしはもう一度お礼をいい、南先生にいわれたとおり、車から降りるやいなやドアも閉めずにダッシュした。

11

「おかえり、遅かったのねえ」台所に立っていた母はわたしの顔をひと目見ると、「あら、ちょっと顔色悪いんじゃない？」といった。

「そう？」

　車から降りたあと、すぐには家に帰らなかった。家とは反対方向の、駅の方角に向かって全力疾走した。駅に着くと待合室のベンチに座って、鼓動が落ち着くのを待った。わたしの心臓は急行電車が三本通過してもまだドキドキいっていた。家に帰り着いたのは八時半だった。

「具合悪いんじゃないの？」

「悪くないよ」

「でも青白い顔してるわよ、ねえお父さん」

「うん、風邪でもひいたんじゃないのか」

「ひいてないよ。着がえてくるね」

「食欲はあるの？」

「あるよ」

制服を脱ごうと隣りの部屋にいきかけたら、母が「それならよかった」といった。

「夕飯はお寿司だからね」

「……なんで？」

我が家の食卓にお寿司が登場したことなんかない。

「落合さんのお宅でいただいたの」

「なんで？」

「ひろゆきくんの昼食用に注文したのがあまったんですって。よかったらちーちゃんのおみやげにでも、っておっしゃるからお言葉に甘えちゃった。ひろゆきくんね、貝類が一切だめなのよ」

「……いらない」

「どうしたの」

「ほしくない」

「やっぱりどっか悪いんじゃ」と父がいった。

「どこも悪くないってば」

「風邪じゃないの？」

「風邪じゃないってば」

「頭でも痛いの？」

「そうじゃない」

「じゃあ食べなさい」

「……」

折詰の中身はホタテと赤貝とかっぱ巻きだった。わたしがはしの先でホタテの乾きった表面をつついているときも、父と母は口々に顔色が悪いだとか、やっぱり全然食べてない、などといっていた。食欲があるとかないとかの問題じゃなかった。ひろゆきくんの食べ残したものを喜んで口に入れる人間のほうがどうかしている。

熱でもあるんじゃない？　と、母が自分のおでこをわたしのおでこにくっつけた。

「うーん、熱はないみたい」

「お腹こわしてるんじゃないか」

「そうなの？　お腹痛い？」

わたしは首を横に振った。

「おかしいわねえ」

母は首をかしげた。両親がわたしの体調をここまで心配するのは何年ぶりのことだろう。

父が母に水に浸したタオルを持ってこさせた。わたしの頭の上に濡れタオルを置いて、さらにその上から水を注ごうとした。

「ちょっと、今やめて」

「じっとして」

「食べてるんだから」

「食べてないじゃない」

「やめてよ」

「アッ、こら動きなさんな」

「冷たい」

「母さんおさえてて」

「じっとしなさい」

「やめてたすけて」

「アッ、すべった」

わたしは頭からどぼどぼと水をかぶった。ひろゆきくんの食べ残したホタテと赤貝とかっぱ巻きは、みんな水浸しになった。

着がえもせず、お風呂にも入らずに布団をかぶってしまったわたしの枕元で、父と母はしつこく気分はどうか、どこか痛むか、ときいてきた。わたしは布団のなかで無言で首を振りつづけた。早くひとりにしてほしいのに、父と母はいつまでもそばにいた。

そのうちわたしが寝たと思ったのか、ふたりが枕元から立ち上がる気配があった。ふすまが静かに閉まる音が布団越しにきこえてきて、ようやくわたしは暗闇のなかで涙を拭いた。

その夜、わたしはひろゆきくんの気持ちがはじめてほんの少しだけわかるような気がした。

はじめて口がきけなくなった日のひろゆきくんは、たぶん布団のなかのわたしと同じだったのだ。泣いているところを誰にも見られたくなくて、誰とも口をききたくなくて、真っ暗な場所で、まわりが静かになるのをひとりでじっと待っていたのだ。ひろゆきくんの不幸なところは、どれだけ長いあいだ待っていてもまわりがちっとも静かにならなかったことだ。それどころか、時間がたてばたつほどうるさくなった。もうとっくに本人の涙は渇いているというのに。

あとになってわかったことだけど、「スズキ」からの電話を受けたのはわたしだけではなかった。同年代の被害者はたくさんいて、なかには呼びだされて抵抗するまもなく唇をうばわれてしまったかわいそうな女の子もいる。

もちつき大会の会場で、山盛りのきなこもちをほおばるひろゆきくんを遠くから指差して、わたしたちは年下の友達に「あれがうわさの危険人物」と教えた。その子はすぐそばにいた自分の母親にいいにいった。その母親は落合さんの奥さんと仲がいい。落合さん夫婦の耳に入らないわけがない。知らないわけがないのだ自分の息子がしゃべれることを。そしてひろゆきくんも、自分の親が知らないわけがないことを知っている――。

ふすまの向こうで、父と母がささやくような小さな声でお祈りのことばを唱えはじめた。

12

翌朝は、いつもより十五分遅い時間に学校に着いた。バタバタと上履きに履きかえて階段を駆け上がっていく生徒たちの背中をぼんやりと目で追っていると、「あと五分でチャイム鳴るよ」と肩をポンと叩かれた。

「おはよう」

「おはよう」

体操服姿の春ちゃんが運動靴を片手に立っていた。

「一時間目から体育？」

「うん。しかも一キロ走」

「うわー。きついね。四組の担当は坂井先生でしょ。十分前に整列してないと怒られるんじゃなかったっけ？」

春ちゃんは慌てるそぶりもなく、のんびりとした動作で運動靴を履いていた。

「坂井には連絡済みだから大丈夫。保健室で生理痛の薬もらってきますっていってあるんだ」

「そうなの？　大丈夫？」

「うん。うそだもん。ただの寝坊」

「わ。ずるい」

春ちゃんはペロッと舌をだした。小学校時代から比べると、別人のように雰囲気が変わった。アップにまとめた髪はキラキラ光るヘアクリップで留めてある。前に、「それいいね」となにげなくいったら、指先で頭の上のヘアクリップにそっと触れながら、彼氏からもらったんだ、と恥ずかしそうにいった。相手は会員の誰かかと思ったけど、そうではないらしい。中一の春休みからつきあいはじめたという相手は、春ちゃんの家の近所に住むおさななじみで、現在、信田高校の二年生。彼氏を追いかけて春ちゃんも同じ高校を受験する予定だという。

「風邪？　なんか声がちがうよ」

「うーん、風邪かなあ。なんか頭痛いんだよね」

「うつさないでよ」

春ちゃんは笑いながら、口元を片手でおさえた。学校で話しかけてこないで、といった春ちゃんはどこにもいない。

「保健室で薬もらってきたら？」

「ううん、大丈夫」

「今のうちに治しとかないと。来月の研修旅行は参加するんでしょ」

「うん」

来月は年に一度の研修旅行だ。県境にある『星々の郷』と呼ばれる大きな研修施設で全国各地から集まった会員たちと一泊二日を過ごす。空気はおいしいし星はきれいだし、友達がいるから楽しいのだけど、移動のバスの揺れも含めて、けっこうハードなので、体調を万全にしておく必要があった。

「楽しみだね」

と春ちゃんがいった。鼻歌をうたいながら運動靴の靴ひもを結んでいる。昔、集会所のすみっこでみんなの輪に背を向けて、ひとりぼっちで過ごしていた女の子は、来月の研修旅行では少年部の副リーダーを任せられることになっていた。

「今年も海路さんの特製やきそば食べたいな」

「あれおいしいよね。家でも海路さんの真似して粉チーズと天かす入れてみるんだけど同じ味にならないの」

「春ちゃん料理するんだ」

「たまにね。たぶん秘密の隠し味があると思うんだ」

「へえ。わたしも今度作りかたきいてみようかな。最近集会で見かけないけど、旅行にはくるよね」

「……海路さんね、うん……どうかな。くるかな」

「なんで？　毎年きてるじゃん」

「知らないの？　今ちょっと問題になってるじゃん」

わたしは首を振った。「知らない」

「海路さんにね、だまされたって文句いってる女の人がいるの」

「またあ？」

これまでにも、降ってわいたかと思うとすぐに消えていったうわさはいくつもあった。

「その女の人、被害届までだしたってうわさ」

「うわさでしょ？」

「そうなんだけど、今回のはちょっと深刻みたいだよ。海路さんも海路さんのまわりもあちこちで事情きかれてるみたい。ほら、昇子さんも最近集会にでてないでしょ」

「そういえば」

「海路さんと昇子さんに監禁されたっていってるんだって」

「かんきん？」

「わかんないよ、うわさだから。でも海路さんのマンションに呼びだされて、閉じこめられて、そこで昇子さんに催眠術かけられて、わけわかんないうちに一番高い水晶の購買契約書にサインさせられたっていってきてるの」

「催眠術ぅ〜？　ほんとなの？」

「昇子さんが催眠術使えるのはほんとだよ。催眠術じゃなくて、催眠療法だったかな、大学でもそういうの勉強してたんだって」

「催眠術と催眠療法どうちがうの？」

「さあ、同じようなものだとは思うけど……。昇子さん本人は否定してるらしいよ。催眠術を使って人をだまそうとしたことなんて一度もないって怒ってるんだって。霊視能力があるのは有名だから、友達にたのまれてオーラとか前世を見てあげることはよくあるみたいだけど。ちーちゃんも見てもらったことあるでしょ」

「うん」

わたしのオーラは薄ーいピンクだ。たしか春ちゃんは赤。ずいぶん前だけど、あのとき、UNOをしながら海路さんと昇子さんはいった。「春ちゃんは変わる」と。「だけどそれは春ちゃんの意思じゃない」と。だとしたら、春ちゃんはどうやってここまで変わったのだろう。彼氏の影響？　外見に関してはそうなのかもしれない。でも春ちゃんが変わったのは見た目だけじゃない。集会所での発言や立ちふるまいを見ていると、それこそ、昇子さんに催眠術にかけられてるんじゃないかと思うくらいだ。

「うちの親はね、その女の人は頭がおかしいんだっていってる。なんかさ、海路さんの大学の後輩らしいんだけど、海路さんのこと好きだったんだって。でも海路さんには昇子さんがいるでしょ。相手にされないもんだから嫉妬に狂ってそんなでたらめいってるんだって」

「な、なんかすごいね」

「だからさ、教会側としても海路さんと昇子さんの無実を証明するために、今大忙しなのよ。ふたりとも渦中の人なわけだから、大きな集会とか星々の郷とか、あんまり目立つ場所にはこの時期は顔ださないんじゃないかなあ。少なくともこのうわさが落ち着くまではふたりとも活動しないと思うよ」

「そっかあ……」

「あ、うわさといえばちーちゃんも」

「なに」

「うわさになってるよ。ほんとなのお?」春ちゃんは楽しそうに笑った。

「え? なにが」

「昨日の夜、南とドライブデートしてたって」

「はあ?」

「一組の子たちが目撃してたんだって」

「あ、あれは……」

といいかけたとき、「おれがなんだって?」と背後で声がした。

振り向くと南先生が立っていた。

「何の話だ?」

キーン、コーン、とチャイムが鳴った。

「やばい、いかなくちゃ。じゃあね」

春ちゃんは軽く手を振ると走っていった。

南先生は階段のほうへ歩きだした。わたしの教室は三階なので、自然と一緒に歩くかたちになった。

気まずい沈黙が流れた。先生の少し後ろを歩きながら、なにか話さなければと頭をフル回転させた。

「あの」

二階まで上りきったところでようやく声をかけることができた。先生は無言で振り返った。

「あの、昨日は……」

「昨日の話はするな」

南先生は表情ひとつ動かさずにそういうと、また前に向き直った。

「昨日……」

「だから、昨日の話はするなっていったろ。きこえなかったか？」

昨日はありがとうございました。わたしは送ってもらったお礼をいいたかっただけだった。

ハーッ、と先生がため息をついた。

「なんでおれが林とふたりでドライブしてたことになってんだ？」

それは、わたしへの質問のようにきこえた。だけど先生はわたしのこたえを待たずにそのままひとりでしゃべりつづけた。

「……渡辺と新村がいたから送ってやったのに……」低い声でそういうと、またため息をついた。「……なんでだよチキショ。ああ、また教頭になんかいわれるわ……。せっかく誤解といたのに……、またかよ、またすぐこれかよ、なんなんだよドライブデートってよ……」

わたしがそこにいないみたいにしゃべっていた。

そのとき、「せんせー！」と、元気な声が階段の下からきこえた。

「南せんせー」

二年生と思われる女の子三人組が、ばたばたと階段を駆け上がりながら、南先生に向かって手を振っていた。

先生は教科書を持っているほうの手を軽く挙げ、「おう」と笑った。「もうチャイム鳴ったぞー」

「まだ予鈴だもーん」三人のうち、ショートカットの子がこたえた。

「せんせー。今日テスト返ってくる？」

「まだ採点終わってないんだ。早くて明日だな」

「あーよかった」

「返すのが一日遅れたからって点数が上がるわけじゃないんだぞ」

おかしそうに南先生が笑うと、「そうなんだけどお」と、セミロングの子がほっぺたをふくらませた。

みんなテニス部だろうか、夏のあいだに染めたのかそれとも日に焼けたのか、三人とも肌だけじゃなく、髪の色まで茶色かった。

「今回平均点何点だった？」

「まだ採点終わってないからわかんないって」

「ねえまた補習あるの？」

「あたりまえだろ」

「げー」

「補習がいやなら勉強しなさい」

先生は教科書の角でこつんとショートカットの頭をこづいた。

「いったあーい」

「きゃはは」

先生がもう一度こづこうとすると、「きゃあ。暴力教師」「やめてーセクハラ教師」と楽しそうに身をかわした。一番髪の長い子が、笑いながら後ろに下がった拍子にわたしのつま先をふんづけた。そのときはじめてわたしの存在に気がついた。

「あ、すみません」

三人ともわたしの顔を見て、それから南先生の顔を見て、なにかピンときたようだった。顔を見合わせてクスクス笑いながら「……だよね」「うん」とうなずいていた。南先生のほうを振り返り、「ほんとなの？」ときいた。

「なにが」と南先生がいった。

「なにがって、せんせー」

「うわさになってるよ」

「みんな知ってるよ」

「だからなにをだよ」

「昨日デートだったんでしょ？」

「キャハハハ」

「はあ？　してないっつーの」

「ほんとに〜？」

「かんべんしてくれよ。くだらないこといってないで、さあ、授業はじめるぞー」

南先生が教室のほうへ歩きだすと、三人もスキップするように跳ねながら先生のあとにつづいた。

「先生」

わたしは南先生の背中に向かって声をかけた。

まず三人同時に振り向いて、次に先生が振り向いた。

「先生、あの」

南先生は冷ややかな視線をこちらに向けた。

不思議と、わたしの胸はちっともドキドキしていなかった。先生と見つめ合っているというのに、頭のなかはぼーっとしていて、熱でもあるみたいにまぶたが妙に重かった。

「……先生、あの、昨日」

昨日の話はするなといわれたばかりだ。先生は冷たい目をじっとわたしの顔に向けていた。

「昨日、公園にいたのわたしの親です……」

先生はなにもいわなかった。

「あの、昨日公園にいた不審者のことです。あれ、わたしの……」

とここまでいったとき、氷細工みたいだった南先生の目の奥に、ぽっと明かりがともった気がした。表情は変わらなかったけど、先生の目と顔がみるみる赤くなっていった。

「……う、うそです」

わたしは三階へ続く階段を上がっていった。少し遅れて、なあにー今の、せんせーやっぱ昨日なんかあったんじゃーん、と三人組の盛り上がる声が下からきこえてきた。

その日の一時間目は国語だった。教室の扉を開けるなり、国語の藤川先生から「大丈夫？　顔赤いわよ」と心配された。授業より、そのまま保健室へいくようにいわれた。

保健室で熱を測ると三十八度近くあった。

保健室の先生が「さてはゆうべお腹だして寝たのね」と笑いながら真っ白な布団をかけてくれた。

「少し横になって、今日は早退だね。おうちの方に迎えにきてもらう？」

「……ひとりで帰れます」

お腹はだしてないけど、ゆうべ頭から大量の水をかけられたのだった。目を閉じると自然と睡魔におそわれた。保健室の先生に起こされるまで、わたしは三時間近くも眠りつづけた。

13

日曜日。学校は休みだけどわたしは朝から制服姿だった。集会のある日はバス停に向かうけど、この日は公園を抜けて駅へとつづく道を歩いた。

朝の天気予報では、十二月下旬並みの気温になるといっていた。空は晴れ渡っているけど空気が刺すように冷たかった。マフラーを持っていないわたしは制服のブレザーのえりを立てて身を固くした。

一週間つづいた風邪は、なんとか快方に向かいつつあった。娘の風邪がなかなか治らないことを心配した両親は、「せめて家のなかにいるときくらいは」と、朝と晩、湿ったタオルをわたしの頭の上にぽんと置いた。子供のころから風邪をひくとそうしてきたので、違和感はほとんど感じない。朝食のときにのせられたタオルをうっかりそのままにして、登校しかけたことがこの一週間で二回あった。一回目は強風でタオルが飛ばされた瞬間気がついた。二回目は家をでてすぐのところで、道の掃き掃除をしていた向かいの家のおじさんに「あ、た、ま」といわれて気がついた。

「完全に治ったわけじゃないんだから、家でおとなしくしてればいいのに」

朝、家をでるときに母にそういわれた。大丈夫。体調を万全にするために、一昨日も昨夜も今朝も、自主的にタオルを頭にのせて過ごしたほどだ。

約四十分間電車に揺られ、目的の駅に着いて外へでると電車に乗る前より冷えこみが強まっている気がした。「法要のご案内」のハガキに書かれた地図を確認しながら会場へと向かう。前回この道を歩いたときは小学生だった。あれから四年がたった。

この四年のあいだ、いとこのしんちゃんとは手紙や写真のやりとりがつづいていた。玄関先でわたしを見送った両親は、今日が法要の日であることはもちろん、昼食でだされるお弁当が豪華でおいしいことも、ちびのしんちゃんの身長が高校の途中からぐんぐん伸びて今は一八〇㎝近くまであることも、そのしんちゃんが一年間の浪人生活ののち、東京の大学に無事合格したことも、わたしからすべてきいて知っているけど、特に感想はないみたいだ。親戚とのつきあいが絶たれていることもあって、だれそれによろしくね、とわたしにことづけることもない。

朝十時、法要はおじいちゃんのあいさつからはじまった。朝ごはんにおにぎりを食べてきたのに、わたしのお腹は鳴りっぱなしだった。お坊さんのお経を読む声で、まわりの人にはきこえてないだろうと思っていたけど、横からスッと金色の紙に包まれたひと口サイズのチョコレートが差しだされた。

素早くチョコを受け取ると、サッと紙をむいて口にほうりこんだ。

お、い、し、い。

口の動きだけで伝えると、喪服姿のしんちゃんがニコッと笑った。

読経が終わり、お焼香が終わり、ありがたいお話が終わり、やっと待ちに待った昼食の時間がやってきた。二段飛ばしで階段を駆け上がりたい気持ちを抑えながら、昼食会場へ足を踏み入れたわたしは、そこで大変ショックな光景を目にした。

なんと、仕出し弁当が期待していた豪華弁当じゃなかったのだ。一体どんな事情か知らないが、大きさも四年前のお弁当箱よりも小振りで、全体的に安っぽかった。ご飯は上げ底、おかずの品数も少なくなっていて、わたしの好きなエビも栗も入っていなかった。

ここ最近、気分も体調も落ちこんでいたわたしは、この日のお弁当だけを楽しみに生きてきたようなものだった。

「親戚の誰かがお弁当の代金着服してんじゃないの」

はしでしいたけをつまみ上げながらわたしはいった。苦々しい思いで味の薄いしいたけを咀嚼して飲みこんだ。

「だって前とレベルが全然ちがう。いきおいがないよ、これ」

といいながら次のおかずにはしを伸ばした。

「よく覚えてるなあ」

隣りに座ったしんちゃんが感心したようすでいった。信じられないことに、しんちゃんは弁当屋が変わったことにも気づいていなかった。

「そりゃ覚えてるよーアッ、なにこれ。大根かと思ったら甘い。これりんごだ。しんちゃんこれりんごだよ。アップルパイの中身みたいな味」

「まずいの？」

「うん……、まずくはない」

しんちゃんはりんごの煮物をはしでつまんで口に入れると、まずいともおいしいともいわずに飲みこんで、「おじさんとおばさんは元気にしてる？」ときいた。かために炊かれたごはんをほおばりながら、元気元気とわたしはこたえた。

「お父さんもお母さんも風邪ひとつひかないんだから。すごいよあのふたり。ねえしんちゃん、今度のお弁当は前回の豪華バージョンに戻してくださいって誰にたのんだらいいのかな。おじいちゃんにいっても通じないよね。誰だろ」

「今度？　今度ってことは十三回忌だろ。……六年後か、だいぶ先だな」

「え、六年？」

「そうだよ。今年が七回忌だろ」

「うん」

「法要ってのは七回忌のあとは十三回忌になるからね」

「うそっ」

「はは。知らなかったの」

「知らなかった……」わたしははしをなめた。「六年……」

六年後はあまりにも遠すぎた。もしかしたらもう二度とあのおいしいお弁当を食べられないのかもしれない。それだけじゃない、六年のあいだに誰かの葬式か結婚式でもない限り、こんなふうにしんちゃんと顔を合わせることもなくなるということだ。

四年も相当長かったけど、今度は六年……。

はしを運ぶスピードが落ちたわたしに、しんちゃんが「どうかした？」ときいてきた。

「べつにどうもしないよ」

「そんなに弁当のことがショックだったの」

「それもあるけどそれだけじゃなくて……」

「ねえ、ちひろ」

しんちゃんはおもむろにはしを置き、お茶をひと口だけ飲んだ。

「このあと、時間ある？」

わたしはしんちゃんの顔を見た。しんちゃんの目は和歌子おばさんに似て、たれている。そのたれ目がわずかに鋭くなった気がした。

「ちひろに大事な話があるんだ」


駅前に赤い看板のカフェがあるから、そこに入って待ってて。

しんちゃんからそういわれたとき、わたしはずっと好きだったんだと告白されることを覚悟した。しんちゃんのことは今までそういう対象として見たことがなかったけど、これから先のことは自分でもよくわからない、だって人の気持ちというものは変わっていくものだから、というのがわたしが待ち時間のあいだに用意した一番いいこたえだった。

窓際のテーブルに案内されて十五分後にしんちゃんはあらわれた。

「おっ。いたいた。ごめんね遅くなって」

笑顔で店に入ってきたしんちゃんの後ろには、わたしも知っている人物がふたり、ついてきていた。

雄三おじさんと和歌子おばさん。

しんちゃんは自分の親も連れてきた。

あらためて四人掛けのテーブル席に移動してから、ウエイターが注文を取りにきた。

「コーヒー三つと、ちひろはどうする」

「……わたしも」

「じゃコーヒー四つ。ケーキはいいの？」

「ケーキはいい」

「甘いもの好きだろ」

「うん、でも……」

「遠慮するなよ」

テーブルに置いてある小さなメニュー立てを手に取って、「この、和栗のモンブランおいしそうね」と和歌子おばさんがいった。

「母さんそれにする？　すみませんあとモンブランひとつください。父さんは？」

「うーん。じゃあチーズケーキ」

「チーズケーキを、ふたつ。ちひろは？」

「モンブランにする」

ウエイターがメニューを持って下がると、雄三おじさんはおしぼりで手を拭きながら「今日はごくろうさま」といった。「ここまで遠かっただろ？」

わたしはグラスに入った水をひと口飲んだ。

「はい、いえ、電車で一本ですから」

「ちひろとこんなふうに向かい合って話すのは久しぶりだね」

雄三おじさんがそういうと、隣りに座った和歌子おばさんが、ほんとうに、としんちゃんと瓜ふたつのたれ目をさらに細めてうなずいた。

「……ですね。へへへへ」

わたしはわけもなく愛想笑いした。

ここ数年での雄三おじさんとの交流といえば、小学校と中学校の修学旅行の費用をだしてもらったときに、お礼の手紙を書いて送ったくらいだ。わたしはいけなくてもいいと思っていたのだけど、ぽろっとしんちゃんにしゃべったらそれが雄三おじさんに伝わったようで、ある日突然わたし宛ての現金書留が送られてきた。修学旅行から帰ったあとにおみやげのお菓子を郵送したけど、おじさんからはお菓子のお礼がひとこと書いてある絵ハガキが一枚届いただけだった。四年前の法要であいさつくらいはしたと思うのだけど、まともに会話をした記憶はなかった。

「お父さんとお母さんは？　元気かい？」

「元気です。もう、びっくりするくらい」

「はは。そうか。そりゃよかった」

「今日はおうちにいらっしゃるの？」

和歌子おばさんがいった。

「あーいえ、今日は集会にいってます」

そう、と和歌子おばさんがいい、そうか、と雄三おじさんもつぶやいた。

わたしはグラスに口をつけながら、雄三おじさんの顔をチラッと見た。低い鼻と、ぶあつい唇が相変わらずわたしの母とそっくりだ。仲のいい姉弟《きょうだい》だった、という話は何度もきいたことがある。

「まさみちゃんから連絡は？」

まーちゃんの名前がでた。家出をしたことは、おそらくしんちゃんからきいたのだろう。

「ないです」

「そうか……心配だね」

「はい」

会話が途切れたタイミングで、コーヒーとケーキが運ばれてきた。わたしが下を向いてモンブランを食べていると、おいしいね、と和歌子おばさんがいった。でも、誰も返事をしなかった。

おばさんは同じものを食べているわたしに向かっていったのだ、と三拍くらい遅れてそのことに気づいた。慌てて顔を上げて「おいしいですね」というと、和歌子おばさんはフォークを口に運びながら「ね」と、笑った。

ケーキを全部食べ終えて、コーヒーを飲み干しても、他の三人はまだお皿にケーキが半分以上も残っていた。しんちゃんに「こっちもうまいよ」とチーズケーキをすすめられたけど遠慮して断った。ソファの背もたれに体を預けて、窓の向こうの駅前の景色をぼーっと見ていると、なんだか帰りたくなってきた。

カチャ，カチャ、とフォークが控えめにお皿に当たる音がつづいていた。早く食べ終わってくれないかな……、そんなことを思っていると、カチャン、とフォークを置く音がした。

「慎吾からきいたんだけどね」

雄三おじさんが食べ終わったようだ。

わたしはソファの背もたれから体を起こした。

「はい？」

「春から瀬乃高校にいくんだってね」

「はい。いくっていうか、受かればの話なんですけど」

「どう？ 勉強のほうは」

「ちょっと……あんまり。へへ」

「はは。そうか。まあまだ時間はあるよ」

「特に英語が苦手で」

と、きかれてもいないことをいった。

「英語難しい？」

「はい」

「慎吾、教えてあげたら？」

「うん。来週いっぱいまでこっちにいるからさ。ちひろがよければ、次の土曜なんてどう？」

「いいの？」

「もちろん」

和歌子おばさんもしんちゃんもいつのまにかケーキを食べ終わっていた。

「うちの場所知ってるよな」

「えーと、たしか、しらさぎ台だったっけ」

「そう。バス停降りてすぐだから。迎えにいくよ」

「前回遊びにきたのは大昔だからな。お姉ちゃんのまさみちゃんが小学校に上がった
ばかりで、ちひろはまだ赤ちゃんだった」

「そうですか……。覚えてないな」

「しらさぎ台は静かでいいところよ。ちょっと坂が多いけど」

「へー」

「ちひろの目指してる瀬乃高校も近いんだ」

と、しんちゃんがいった。

「そっか。同じ地区だもんね」

「歩いて通える距離だよ」

「だね」

「ちひろの今の家からじゃ電車通学になるんだろ」

「そうなんだけど、わたしは自転車で通うつもり」

「自転車で片道何分？」

「えーと、一時間半くらいかな」

「うちからなら五分だ」

「へー」

「ちひろ。どうかな」

と、雄三おじさんがいった。

「高校へは、うちから通ってみないか？」

突然の申し出だった。わたしはぽかんとした。

「急でおどろいたと思うけど、ずっと考えていたことなんだ」

「あ、あの……」

「本当なら中学校もうちから通ってもらいたかったの」

「それはもう、今さらいってても仕方がない」

「そうね」

「おれの部屋使ってよ」

しんちゃんがいった。

「おれ、大学卒業するまではずっと寮だし、卒業してもそのまま東京で就職してひとり暮らしするつもりなんだ」

「どうかな」

三人の視線がわたしに注がれた。

なにもこたえられないでいると、おじさんは「今すぐに決めなくたっていいんだ」といった。

「なるべく早いほうがいいけど」と、和歌子おばさんがつづけた。

どっちだろう、とわたしは思った。しんちゃんが「ちひろの今の正直な気持ちをききたいな」といった。

「わたしの今の気持ち？」

「うん」

「わたし……、わたしは、……このままでいい」

「このままっていうのは」

「今の家のまま。そりゃ通学が自転車五分っていうのは魅力的だけど」

「いや、ちがうんだよ。距離的なメリットでうちにおいでっていってるわけじゃないんだ」

「わかってる」

「……ほんと?」

「うんわかってる」

「……あのね、ちひろ。ちひろはおじさんとおばさんから少し距離を置いたらどうかなって、おれたちずっと考えてたんだ」

「わかってるよ。でもわたし、まーちゃんみたいに家出したいと思ったことないんだ」

「そこがちひろの心配なとこなんだよ」

「慎吾」

「だって、わかってないんだよちひろは」

「ごめんね、慎吾はちひろのことが心配で」

「心配なんかしないで。しんちゃん、わたし大丈夫だよ。誰にも迷惑かけないし、お金のことだって自分でなんとかできると思う。おじさんがだしてくれた修学旅行のお金は高校に入ったらアルバイトして全部返すって決めてるし」

「そんなことはいいんだ。お金の話をしようとしてるんじゃないんだ」

「今すぐにはこたえをださなくていいから、家に帰って一度ゆっくり考えてみてほしいの」

　さっきはなるべく早くといった和歌子おばさんが今度はゆっくり考えてといった。

「考えても同じです」

　わたしはいった。

「おじさん、おばさん、しんちゃん、心配してくれてありがとう。迷惑かけてるんだとしたらごめんなさい。でもわたしは大丈夫。ケーキごちそうさまでした」

　わたしは席を立った。

「来週の土曜、うちにくるだろう？」

　しんちゃんが心配そうにたずねた。

「いけたらいく」

「ちひろ」

　雄三おじさんに呼びかけられたけど、振り向かなかった。

　雄三おじさんが七年ぶりに我が家の敷居をまたいだのは、法要の日からちょうど二週間後のことだった。「お水入れかえ事件」のときに住んでいた家よりもさらにさらにせまくなったうちの玄関に、見慣れない黒い革靴がそろえて置いてあった。

事前に連絡があったのか、その日は両親とも家にいた。わたしはまったく知らされていなかった。夕方、集会から帰ってくると、まず革靴が目に飛びこんできて、顔を上げると正面には紺色のジャケットを羽織った背中があった。

「ちーちゃんおかえり」

広い背中の向こうから、父がひょこっと顔をのぞかせた。

「早かったのね」と母がいった。

「おかえり」おじさんが振り返っていった。

「今日のところは……」

父が小さな声でそういうと、おじさんはうなずいて立ち上がった。

「またきます」

玄関先でおじさんは深々と頭を下げた。

「気をつけて……」

母はおもてにでて見送った。

もうくるな、とは誰もいわなかった。いっても、またくるのだろうという予感があった。

そしてその予感は当たった。そのあとも、雄三おじさんは、ときには和歌子おばさんも一緒に、何度もうちを訪れることになるのだった。

14

その日、いつもより一時間も早く登校したのは、誰もいない朝早い教室で受験勉強をしようと思ったからだった。教室の扉を開けると、わたしと同じ考えのクラスメイトがすでに一名、机に向かってノートと参考書をひろげていた。学年で一番かしこい「かまぼこ」こと釜本さんだった。わたしと目が合うと、意外そうな顔をして小さな声で「早いね」といい、すぐに机の上の参考書に視線を戻した。わたしは足音をたてないように教室のなかを移動して自分の席に着いた。釜本さんが目指しているのは名門私立大学の付属高校だった。休み時間も自分の机から離れないし、給食も参考書を読みながらいつもひとりで食べていた。

せっかくひとりの空間で集中していたのに、邪魔が入ったと思ってるんじゃないだろうかと、変に気をつかってしまった。音をたてないように気をつけながら、鞄のなかから教科書とノートをだした拍子に、先生の似顔絵を綴じたファイルがばらばらと床に落ちて散らばった。

「ご、ごめん」

慌てて拾い集めながら後ろの席をうかがうと、釜本さんは同じ姿勢で机に向かってシャーペンを動かしていた。

集め終えたファイルを鞄のなかにしまおうとしていた手が、なんとなく止まってしまった。似顔絵とはいえ、南先生の顔を見るのは久しぶりだった。

一カ月前、廊下でのやりとりがあって以降、まともに先生の顔を見られなくなっていた。授業中も廊下ですれちがうときも、目が合わないように常に顔を伏せていた。南先生のほうからなにかいってくるということもなかった。授業中、出席番号順に当てられているときに、先生がわたしの番号だけを飛ばしたのは、偶然ではないと思う。

先生の似顔絵は全部で十二枚あった。どれも全然似ていないのだけど、机に並べてじっくり眺めていると、そのなかの一枚だけは、見たことのある先生の顔だった。

その一枚は、彫りの深さを強調しようとして、鼻筋やほおのあたりに影を描きこみすぎていた。普段の南先生はこんな顔はしていない。夜、車内のライトに照らされたときにだけ、こんな顔になる。わたしはその顔をすぐそばで見たのだった。右腕を強くつかまれたまま。

すべての絵を眺め終わって、机の上でファイルをそろえていると、ふと背後に気配を感じた。振り返ると釜本さんが立っていた。

「わっ」

釜本さんはわたしが手にしていたファイルの束を見ていた。

「すごいね」

「びっくりした。な、なに」

「それ」と絵を指して「すごいね。林さんが描いたの？」といった。

「これ？　うん。びっくりしたよ。いつからそこにいたの？」

「たまたま見えたの。ごめんね、……すごいね。それ全部同じ人だよね」

「ああ、うん……」

「誰？」

「え？　これ？」

「うん。モデルがいるの？」

「え、これ、この人、えっと……釜本さんの知らない人」

「そうなんだ。わたし南先生かと思った」

「ち、ちがうよ」

「そうなの？　ちょっと似てるかなって」

「ちがうよ。そんなわけないじゃん」

「でも、ほら前髪の、真んなかでわかれてる感じとか」

「全然ちがうよ。これは、だってこの人、日本人じゃないから」

「あ、そうなの？」

「うん。これ、エドワード・ファーロングだから」

「えど？　誰？」

「エドワード・ファーロング。知らない？」

釜本さんはうなずいた。

「でしょ。知らないでしょ」

「有名人？」

「『ターミネーターII』の男の子だよ。ジョン・コナー少年」

「少年なの？　ごめん、おじさんかと思っちゃった」

「いちおう、少年のつもり、あはは」

「ふふ。ターミネーターかあ。観たことないなあ。おもしろいの？」

「うん、たぶん。あんまり内容覚えてないけど」

「これは、描きかけ？」と、机の上の、十二枚目の絵を指差していった。

「うん、そう」

「そっか。完成したら見せてね」

「うん、いや、これはもう完成しないよ」

「どうして」

「うーん、なんか、もういいんだ」

「もったいないよ、ここまで描いたのに。完成させたらいいのに」

「そうかなあ……。じゃあさ、完成したら……いる？　いるわけないか」

「大事なものなんじゃないの？」

「うん……、でも持ってても仕方ないし。あげるよ、全部」

「全部？」

「裏紙はメモ用紙として使えるよ、ほら」

わたしは似顔絵の描いてある面をひっくり返して裏の白紙を見せた。

「……じゃ、もらおうかな」と釜本さんは笑った。

「全部で十二枚あるんだ。完成したらホッチキスで留めてまとめて渡すね」

「ふふ、ありがと。受験終わったら観てみようかな、ターミネーター」

「ツーのほうね」

ツーだね、釜本さんは二本指を立てると、自分の席へ戻っていった。

八時を過ぎると、ひとりふたりと登校してきた。教室のなかはあっというまににぎやかになり、結局、わたしの勉強時間はノートを二、三ページめくっただけで終わってしまった。

職員会議が長引いているのか、担任の佐々木先生はチャイムが鳴ってもなかなか教室に上がってこなかった。後ろを見ると、釜本さんは早朝に見たときとまったく同じ姿勢で、机に向かってひたすらシャーペンを動かしつづけていた。

朝礼の時間が終わるころになって、ようやく教室の前の扉が開いた。

「はい静かにー」

入ってきたのは佐々木先生ではなくて、南先生だった。

「せんせー教室まちがってるよ」と誰かがいった。

「佐々木先生はインフルエンザでお休み。今日から一週間おれが朝と放課後のホームルーム担当します」

「せんせーひまなんですかー？」

「そうだよ悪いか。じゃあ早速昨日の宿題のプリント回収しまーす」

エーッ、とブーイングが起こった。

「数学は五時間目だろ」

「五時間目まで待ってよ」

「なんで終わってないんだよ、昨日だした宿題だぞ」

「昼休みにやろうと思ったんだ」

「だめだめ。ハイ、後ろの人回収してきてー」

一番後ろの席の釜本さんは、プリントを回収するときに、「ほんとだね、全然似てないね」といった。

その日の五時間目、わたしは描きかけになっていた十二枚目を机の上にだした。目の前の教壇に立つ先生と、紙の上の先生の顔を見比べた。本物とはやっぱり全然似ていなかった。新しい線を描き加えながら、思わず何度か笑ってしまった。

「さっき、久しぶりに描いてたでしょう」

掃除の時間、廊下の手洗い場でぞうきんを洗っていると、なべちゃんが隣りにきていった。

「え？　なにが？」

「南の顔」

「描いてたじゃん。南先生の顔？　描いてないよ」

「あれは南先生じゃないよ」

「へえ。じゃあ誰」

「エドワード・ファーロング」

「は？」

「みんななにか誤解してるみたいだけど。わたしがいつ南先生の顔描いてますっていった？」

「だって、いつも数学の時間に南の顔チラチラ見ながら描いてるじゃん」

「わたしが描いてるのはね、エドワード・ファーロングなんだよ」

「……あっそう」

「もうすぐ十二枚目が完成するんだ」

五時間目にけっこう進んだので、あとは耳を描きこめば完成だった。

「完成したら、いる？」

「いらない」

「すでに先約があるけど、一枚くらいならあげるよ。笑顔、真顔、全身……、散髪したての南先生なんてレアだよ、どうする？」

「南？　エドワード・ファーロングじゃなくて？」

「そう。散髪したてのエドワード・ファーロング。どう？」

絶対いらない、となべちゃんはいった。

帰りのホームルームで、南先生が教室に入ってくる前から、わたしは机の上に紙をだし、えんぴつを握って準備していた。耳のかたちをとらえるには先生が横を向いたときがチャンスだから、その一瞬を見逃すわけにはいかなかった。

今日完成しなかったら、明日でもあさってでもいいのだけど、今日中に完成させたいという思いが強かった。完成させて、それで自分の気持ちに決着をつけることにしよう。今朝の時点では、頭のなかをよぎりもしなかった考えだ。釜本さんのおかげかもしれない。

先生が扉を開けて入ってきたときから、わたしは描きはじめた。

あらためて、人間の耳というのは複雑なかたちをしているな……と思った。近くで静止した状態で観察したいところだけど、帰りのホームルームは十五分しかない。

明日の伝達事項を日直が発表しているあいだ、先生は教卓にもたれて日直のほうを向いていたので、耳がよく見えた。そのあと、プリントを配りはじめたので、耳が見えなくなってしまった。

配られたプリントは保健室だよりで、チラと目に入った見出しには「ウイルスに負けない体を作ろう」と書いてあった。えんぴつを握ったまま後ろの席にプリントを回したら、すぐにまた南先生の耳に視線を戻した。

あいにく、先生は正面を向いたままだった。教卓に手をついてプリントの内容を声にだして読みはじめた。

「……ウイルスに負けない体を作ろう、いよいよ冬将軍の到来です。みなさん風邪などひいてませんか。特に三年生のみなさん、年が明ければ私立高校の推薦入試がはじまりますね。こんなときに体調を崩してしまっては大変です。ひとことでウイルスといってもその種類も体に及ぼす影響もさまざま。インフルエンザウイルス、ノロウイルス、RSウイルス、この時期、ウイルスたちはもっとも活発になるのです。……佐々木先生みたいにワクチン打ってても感染する場合もあるし、いつどこで感染するかわからない。ウイルスってのは目に見えないからこわいんだよな。このクラスですでにインフルエンザにかかった人いるか？」

「内野が先週から風邪で休んでます。インフルエンザかどうかわかんないけど」

「内野、そういや見ないな。ただの風邪ならいいな。……えーと、どこまで読んだっけ」

「活発になるのです」

「サンキュ。……活発になるのです。しかし、誰もがウイルスに感染するとは限りません。ではなぜウイルスに感染する人としない人がいるのでしょう。そのちがいは一体何なのでしょう。……免疫力。きいたことあるよな。吉田、意味説明して」

「なんか悪いものからガードする力、みたいなことっすか」

「まあそうだな。……免疫力が高い人ほど、ウイルスをはね返す力を備えているのです……」

先生が吉田くんのほうを向いたときに左耳がぱっちり見えたので、すかさず描きこんだ。そしてすぐにまたプリントを読みはじめたので、そのあいだは髪の毛を足したり、鼻筋に影をつけたりしていた。

「免疫力を高めるための食生活……、一日三十品目を目標にバランスのいい食生活を送ることをこころがけましょう。……難しいな。ひとり暮らしのおれにはまず無理だな」

「彼女に料理作ってもらえばー」

「ニンニク、タマネギ、しょうが」

「あっ。シカトした」あはは、と笑いが起こった。

先生はかまわず読みつづけた。

「納豆、ヨーグルト、これらの食材には免疫力を高める作用があるといわれています。日ごろから意識して積極的にとるようにしましょう。……今の季節なら鍋なんていいかもな。いろんな食材とれるし、体もあったまる。で、食後のデザートはヨーグルトで完璧だな。それから？　えーと、たっぷり睡眠をとることも大切です。勉強も必要ですが、夜更かしは禁物。体内時計が狂うことで自律神経のバランスが崩れ、免疫力の低下につながります。……ここに書いてあること大事だぞ。勉強が原因で風邪ひいたら本末転倒だからな。……おいきいてるか？　おれ今大事なことしゃべってるぞ」

そのときわたしは先生のまゆげを濃くしている最中だった。目は机の上の紙に向かっていたけど、耳はちゃんと先生の話をきいていた。

「……きいてないな。まあいいか。えーと、どこまで読んだっけ」

「……免疫力の低下につながります」

「サンキュ。……自律神経のバランスが崩れ、免疫力の低下につながります。寝不足、朝食抜き、お風呂はシャワーだけという人は気をつけましょう。日ごろの積み重ねがウイルスに負けない強い体を作るのです。勉強と同じだな。一夜漬けで覚えた公式は次の日のテストでは役に立っても丸一日たてばなにも残ってないだろ。受験も風邪対策も、毎日の小さな努力が結果的に自分にとっての大きな力になるというわけだ。このホームルームの時間ひとつとってみてもそう。……今、こうしておれの話を真剣にきいてくれてる人は、普段の授業もまじめにきいてくれてると思う。授業だけじゃない、そういう人たちは普段から友達や家族の話も真剣にきいてあげることのできる人間だと思う。……その一方でホームルームなんか早く終われと思ってる人間もいる。佐々木先生はどういう方針か知らないが、おれはホームルームも大事な授業の一環だと思っている。先生がしゃべっているときはちゃんと耳を傾ける、簡単だよな、幼稚園児でもやってるよな。だけど残念なことに、このクラスにはそんな簡単なことができない人間がいる。……今だけじゃないぞ。授業中もそうだ。おれが前に立って大事なことをしゃべってるときに、いつもおれの似顔絵を描いてるやつがいる！」

バン！　と南先生が両手で教卓を叩いたのと同時にわたしは顔を上げた。

先生はまっすぐにわたしの顔を見ていた。

みんなの視線がわたしに注がれていた。

「……今までがまんしてきたけど、さすがにもう限界だ……」

先生はいった。

「……あのな。いいか？　迷惑なんだよ。その紙とえんぴつ。まずその紙とえんぴつをしまえ。それからその水。机の上のその変な水もしまえ」

わたしはいわれたとおりにしようとした。だけど紙もえんぴつもペットボトルも、手が震えてうまくつかめなかった。机の上で倒れたペットボトルは静まり返った教室に鈍い音をひびかせた。

ようやくすべてを机のなかにしまうと、南先生は「……よし」といった。

「……おれは今、たまたま林に注意したけど、これは全員にいえることだぞ。この時期、自分のおこないがまわりの仲間たちにどんな影響を与えるか、みんなも自分の行動をあらためて見直してみるように。……以上でホームルームを終わります。日直、号令かけて」

「あのう、先生」

日直が起立という前に、控えめな声が後ろのほうからきこえてきた。

「……あの、林さんが描いてるのは先生の似顔絵じゃありません……」

南先生がどんな顔をしているのかはわからなかった。わたしは下を向いていた。

「林さんが描いてるのは、外国人の男の子です。……えーっと、名前が……」

「エドワード・ファーロング」今度は窓側から声がきこえた。

「あ、そう、それ。ターミネーターにでて」

「誰でもいい！」

南先生はさえぎっていった。

「授業中にラクガキなんかしてるのがおかしいっていってんだ。釜本、おまえもだ。おまえいつも授業とは関係ない参考書ひらいてるだろ。いいか、少しはまわりの迷惑も考えろ。わかったか。……林もわかったのか。きいてるか。おーい。き、こ、え、て、ま、す、か」

わたしは下を向いたままうなずいた。

「……よし」と先生はいった。「いいな、学校は学びにくるところだ。ラクガキしにくるところでも宗教の勧誘をするところでもない。わかったな。これ以上仲間を巻きこむなよ。日直。号令」

「……きりーつ」

チャイムが鳴った。

先生が教室からでていったあと、隣りの席の田所くんが帰り支度をしながら「気にするなよ」といった。

「あいつ性格悪いな」

「教育委員会に訴える？」

「明日休むなよ」

「南先生って自意識過剰だね……」

わたしはいわれた言葉にうなずくことしかできなかった。

まわりに人の気配がなくなると、ポタポタと涙がこぼれた。

誰もいないと思っていたのに、なべちゃんがいた。わたしの前の席にだまって腰かけたなべちゃんは、赤いチェック柄のハンカチを貸してくれた。

しばらくして、涙がおさまってきたころに、新村くんが教室に入ってきた。

「うわっ。なんだ。どうしたんだ」

わたしの顔を見ておどろいていた。

「なにしにきたのよ」

「迎えにきたんだろ。帰りに図書館寄る約束したじゃないか。……林、なんかあったのか」

「いいからあっちいっててよ」

「いえよ。どうしたんだよ、なにがあったんだよ」

「うるさいなあ」

「おれは林にきいてんだよ」

ふたりのやりとりをきいていると、おさまりつつあった涙が、なぜかさらにあふれでてきた。なべちゃんも新村くんもそんなわたしのようすを見て困惑しているのが伝わったけれど、止まらなかった。

わたしはしゃくり上げながら、「南先生に送ってもらったときに公園で見た怪しい人、あれうちの親なんだ」といった。

「知ってるよ」となべちゃんはいった。「だって有名じゃん」

「……おれは知らなかった」と新村くんがいった。「おれは本当に知らなかった。そうか、あれ林の父ちゃんだったのか」

「ごめんね」

「あやまるなよ……。そうだったのか、おれてっきりかっぱかなにかだと思った」

「バカじゃないの」

となべちゃんがいった。

「まじなんだ。そんなわけないとは思ったんだけど、なんか全身緑色に見えたし、頭の上に皿のせてるし。それに隣りのやつが水かけてただろ、皿の上に」

「隣りにいたのわたしのお母さんだよ」

「えっ。あれ女？」

「うん」

「……そうか、ごめん」

「新村、近視だから」

「そう、おれ近視なんだ」

「暗かったし」

「そ、そう、真っ暗だったし」

「……うちの親ね、普段から緑のジャージ着てるの」

「ああ、だからだ」

「頭の上にのせてたのはお皿じゃない」

「なにあれ」

「白いタオル」

「タオルかー」

「水をしみこませたタオルをね、頭の上にのせてると、悪い気から守られるの。うちのお父さんとお母さんはそう信じてるんだ」

「……そうか」

「うん」

「……そうか。信じてるのか……」

新村くんは困ったようにわたしの顔から視線をはずした。わたしは新村くんのことを好きだと思った。

「あんたも？」となべちゃんにきかれた。「信じてるの？」

「わからない」

とわたしはこたえた。

「わからないけど、お父さんもお母さんも全然風邪ひかないの。わたしもたまにやってみるんだけど、まだわからないんだ」

「ほんとだったらすごいと思うけど」

と、なべちゃんはいった。

わたしはうなずいた。「そうだね。ほんとだったらほんとにすごいんだけど」

「……でもさ、外でそれやると目立つからやらないほうがいいよ」

「うん」

「お父さんとお母さんにも、いったほうがいいよ」

「うん」

こうして、わたしの片思いは終わった。その日は、ふたりとも図書館にいくのをとりやめにして、わたしと一緒に帰ってくれた。途中立ち寄ったコンビニで、新村くんが肉まんをおごってくれた。

後日、なべちゃんに新村くんと結婚しないならわたしが代わりに結婚してもいいかときいたら、あっさり「ダメ」といわれた。たてつづけの失恋の痛手は、受験勉強に打ちこんでいる時間だけ、なんとかまぎらわすことができた。おかげで翌月の模試の結果で、わたしははじめてA判定をもらうことができた。

ホッチキスで留められた十二枚の似顔絵は、釜本さんの手によって、裏も表も余白がなくなるまで年号や漢字を書きこまれ、最後のほうは計算用紙としてその役目を終えていた。

15

十二月十日、土曜日、快晴。

わたしたち親子は朝六時に家をでた。電車を乗り継いで谷尾駅に着いたのは集合時間の十分前だった。集合場所である西口改札付近には、すでにたくさんの見知った顔が集まっていた。ここで点呼をとったあとに隣接するバスロータリーに移動して、そこから三組にわかれてバスに乗り、隣りの県との境にある星々の郷を目指すのだ。

荷物置き場で、赤いボストンバッグの上に座って参考書をひらいている春ちゃんの姿を見つけた。近づいて声をかけると、眠たそうな目をこちらに向けて「おはよ」といい、わたしの後ろに立っていた両親に気がつくと、わざわざ立ち上がって丁寧に頭を下げた。

「おはよう春ちゃん。ひとり？　お母さんは？」

「あっちです。三号車の列に並んでます」

父と母は春ちゃんのお母さんにあいさつしてくるといい、春ちゃんの指したほうへ歩いていった。

「そんなの持ってきたのお？」と春ちゃんが手にしていた参考書を指差すと、「だって、持っていけってうるさいんだもん」と首をすくめた。

「誰が？」

春ちゃんは自分の左の肩越しをちょんちょんと指差した。そっちの方向を見ると、誰も座っていないベンチが並んでいた。ベンチの向こうには売店があり、売店の横には大きな円柱がたっていて、「チカン撲滅！」と書かれたポスターが貼ってあった。その円柱にもたれかかっておにぎりを食べている金髪の男の人と目が合った。

春ちゃんの顔を見ると、春ちゃんは恥ずかしそうに小さくうなずいた。

「……え？　もしかして？」

「うん」

「あの人、もしかして、……春ちゃんの？」

「うん」

「彼氏？」

「うん」

「……一緒に？」

「だって、いきたいっていうから」

「はー……」

会員以外の、自分の彼氏や友人を研修旅行に連れてくる人なら毎年いるからおどろかないけど、春ちゃんの彼氏が想像していた感じと全然ちがったのでおどろいた。

「なに？」

「う、ううん」

信田高校にああいうタイプの人がいるのだろうか。あの髪の色は信田高校じゃなくてもまちがいなく校則違反だと思うのだけど。

おそるおそる「あの髪の毛……」というと、春ちゃんは「あれ？　あれは休みの日だけ」といった。「あの色、シャンプーしたら落ちるんだよ。信田高は染めるの禁止だから、休みの日だけああやって楽しんでるの」

「へえー……」

「今日はまだおとなしいほうかな。青い日もあればオレンジと紫のツートンカラーの日もあるよ」

「はあー……」

春ちゃんが彼氏を手招きした。口をもぐもぐ動かしながら、片方の手は食べかけのおにぎりを持って、もう片方はコートのポケットにつっこんで、会員たちの荷物を器用にひょいひょい足でよけながらこっちにやってきた。途中で目が合ったので会釈をした。

「友達」

春ちゃんがいうと、彼氏も頭をわずかに動かした。おそらくおじぎのつもりなのだろう。口にものが入っているからあえてなにもしゃべらないのかもしれなかった。本当にこの人が今回の旅行に参加したいとみずからいったのだろうか。もしかしたら、春ちゃんか春ちゃんのお母さんに強制的に連れてこられたのかもしれないな、と思った。

「ちーちゃん何号車？」

「まだ座席表見てないんだ。見てくる」

と、体の向きを変えたわたしのコートの袖を春ちゃんが引っぱった。

「三号車の表、見て」

「……なんで？」

「海路さんと昇子さんの名前があったの」

「……参加するんだ」

「そうみたい」

「例のさわぎ、落ち着いたのかな」

「まだもめてるってきいたけど。……ちーちゃん、ふたりに会っても突っこんだこときいたらだめだよ」

「きかないよ。きくわけないじゃん」

座席表を確認すると、たしかに三号車に海路さんと昇子さんの名前があった。父と母も三号車だった。わたしは一号車。隣りの座席にはひとつ年上の友達、さなえちゃんの名前があった。春ちゃんは二号車だった。隣りにある戸倉という名はきいたことがないから、おそらく彼氏の苗字だろう。

七時三十五分、予定時刻を五分過ぎてわたしたちをのせたバスは出発した。

乗車するバスによって、車内の雰囲気は大きく変わる。去年は、父も母もわたしも一緒のバスで、年配者の割合が高かったせいか、比較的静かな道中だった。

今回、わたしの乗った一号車は、十代、二十代の会員が多かった。車内は学校の遠足のような雰囲気だった。席に着いてすぐにあちこちからお菓子の袋が回ってきた。

道中の無事をお祈りするときだけみんな正面を向くけど、あとは目的地に着くまで後ろを向いたり席を移動したり、ひっきりなしにおしゃべりして過ごした。

わたしは後ろの席に座っていた同じ支部の友達と合わせて四人でトランプをして遊んだ。負けた人に科せられた罰ゲームは、酔っ払いのまねをしながらサービスエリアのゴミ箱にゴミを捨てにいくというものだった。この罰ゲームを考えたのはわたしの隣りの席に座るさなえちゃんで、三回勝負のなか三回とも負けて罰ゲームをするはめになったのも、これまたさなえちゃんだった。さなえちゃんはバスの運転手さんにわざわざネクタイを借りて、そのネクタイを頭に巻いて千鳥足でゴミを捨てにいった。わたしたちはバスのなかからそのようすを見て腹筋が痛くなるほど笑い転げた。

千鳥足でバスに戻ってきたさなえちゃんは、座席に座るなり「ねえねえねえ、海路さんがいたよ」といった。「あっちの自動販売機のとこ。ここから見えるかな。見えないか。ちーちゃん知ってた？」

「座席表に名前があるのは見たよ」

「大丈夫なのかな。今問題になってるみたいだけど」

「関係ないよ。問題を起こしたのはあっちだもん」

後ろの席の子が身を乗りだしていった。

「海路さんも昇子さんも被害者じゃん」

「そうなの？」

「そうだよ。訴えてきた女の側がおかしいってみんないってるよ」

「海路さんに薬飲まされたってうそついたんでしょ」

「薬なの？　お酒じゃなくて？　未成年なのにお酒大量に飲まされて気を失ったってきいたけど」

「そうなの？」

「未成年？　三十歳じゃなかった？」

「わたしは昇子さんに催眠術にかけられたってきいたんだけど……」

「ちがうちがう。お酒だよ。昇子さんに無理矢理飲まされて、酔っ払って意識不明になったのを車でマンションまで運んだのが海路さん。そんで花瓶買わされたっていってんの」

「花瓶？　水晶でしょ？」

「ええ？　そうなの？」

「あれは？　気を失ってるあいだにＩＣチップ埋めこまれたっていう……」

「なにそれ。初耳なんだけど」

「どれがほんと？」

「薬を入れたお酒を大量に飲まされて、意識失ってるあいだにＩＣチップ埋めこまれて、目が覚めたとたんに催眠術かけられて、水晶と花瓶両方買わされた……とか」

「アハハ」

「なんか盛りだくさんだね」

「まあいいじゃない。どれにしたって、その女がでたらめなこといって、さわいでるってだけなんだから」

「そうそう」

「でも、昇子さんが催眠術使えるのはほんとなんだよね。ちがうの？」とわたしはいった。

「それはほんとだけど……、なあに、まさかちーちゃん、でたらめ女のいうことを信じてんの？」

「信じてはないけど、どこまでがほんとで、どこからがうそなのか……」

「海路さんたちがほんとにそんなことすると思ってるわけ？」

「思ってないけど……」

「疑ってるのね」

「そうじゃないよ。うちはお父さんもお母さんもそういう話してくれないから、もうちょっとくわしく知りたかっただけ」

「じゃあいいけど。とにかく海路さんと昇子さんの話題はこれでおしまい。きく人がきいたら怒られるよ」

自分から話題をふっておきながら、さなえちゃんはそういうと、頭に巻いたままになっていたネクタイをしゅるしゅるとほどいて運転手さんに返しにいった。

星々の郷に到着したのは朝の九時だった。バスを降りて鼻から思いきり空気を吸うと、お腹の底までキンと冷たくなるようで身がひきしまった。

出発前に配られたしおりに書かれている内容は、いちいちなかをひらいて見なくてもすべて頭のなかに入っていた。ここでおこなわれることは、判で押したように毎年なにも変わらないのだ。

早速、宿泊所の大部屋に荷物を置いたら、ひと息つくひまもなく中央講堂に向かった。

中央講堂の入り口には大きな白い箱が用意されている。上側の面が丸く開けられているこの箱は、もう何年も使い回されているので近くで見ると手あかがついていたりしてけっこう汚い。わたしたちは、順番に箱のなかに手をつっこんで、なかの紙きれを一枚取って講堂に入っていった。

紙きれには「B－4」とか「F－26」とか書いてある。これは座席の番号だ。講堂のなかはとても広いので、自分の席を見つけるまでに時間がかかる。一緒にきた友達に手を振ってわかれたら、紙に書かれている座席を探し歩いた。

午前十時、開会式がはじまった。研修中の心得や偉い人の話をきき、この一年で一番成果を上げた支部に賞状が贈られたあと、全員で歌をうたった。歌のあとは一回目の『交流の時間』。去年とまったく同じ流れだ。

交流の時間は初日の午前に一回と午後に一回、翌日の朝に一回、計三回スケジュールに組みこまれている。交流といっても内容はシンプルで、ただ初対面の相手と一対一でおしゃべりをするだけだ。おしゃべりの内容は自由で、政治の話でも好きな食べものの話でも、各自なにをしゃべってもいいことになっている。なにをしゃべってもいいといわれると、かえって難しかったりするのだけど、話がはずむかどうかは、交流の相手によるところも大きい。たまたま自分の隣りに座っている人が、その相手だ。

座席番号が奇数の人は、自分の左隣りに座る偶数の人と、偶数の人は、右隣りに座る奇数の人と、鉦《かね》が鳴るまでおしゃべりをつづける。講堂の入り口でひいた座席番号の書かれた紙は、交流の相手を決めるためのくじでもあるのだ。

参加者は全国各地から集まってくる上に、その数も毎年増えつづけているので、知った顔と当たることはめったにない。この日、一回目の交流会でわたしが当たった相手は秋田に住むおばさんだった。看護師をしているという丸顔のおばさんは上下真っ白のジャージ姿だった。毎日の仕事が楽しくてたまらないようで、始終笑顔で仕事の話をしていた。なまりが強くて、じつは出身地と職業のほかはほとんどなにをいっているのかわからなかった。なにか質問されているのだろうなと思うのだけど、質問の内容もきき取れないので、笑ってごまかした。

おばさんの話に相づちを打ちながら、こっそりまわりのようすもうかがった。Cブロックのほうに父によく似た後ろ姿の男性を見つけたけど、ハゲ頭に白いタオルをのせているだけで、横顔を見るとまったくの別人だった。母の姿も見当たらなかった。人数が多いので仕方ないけど、去年は父も母もわたしも偶然同じブロックの席だったのだ。父は髪の長い、若い女の子と当たっていた。うちにもあなたくらいの娘がいましてね、とわたしの話をしたとあとでいっていた。母は同じ年くらいのおばさんとしゃべっていた。手を口元に当てて、似たような仕草で笑うふたりのようすは、長年のご近所さんと井戸端会議をしているみたいだった。

わたしはまだ当たったことはないけど、なかには話の途中で突然泣きだす人や、抱きついてくる人なんかもいるらしい。去年さなえちゃんが当たったおじいさんはなぜか説教してきたといっていた。そういう人たちに当たったらどうしようと、隣りの人とはじめて目を合わせるときはいつも少しだけ緊張する。秋田のおばさんはずっとにこにこしていた。終了の鉦が鳴るとしみだらけの両手でわたしの右手をやさしく包んだ。

一回目の交流会のあと、昼食をはさんで午後からは本堂へいき、明星の間で『瞑想の時間』が待っている。

お腹がふくれると瞑想中に眠くなるからと、友達のなかにはわざとだされたお弁当に手をつけない子もいる。ちなみに、だされる食事メニューはスケジュールと一緒で毎年まったく変わらない。昼も夜も翌日の朝も、おにぎり弁当だ。具がなにも入っていないおにぎりふたつに、たくあん二枚と赤いウインナーが一本添えられているだけのお弁当なのだけど、文句をいう人は誰もいない。昼食時間が十五分間しかないこともあって、わたしはあっというまに平らげた。

そして毎年のことだけど、瞑想の時間は途中から記憶がなくなった。去年は母に、今年はさなえちゃんに起こしてもらった。

眠い目をこすりながら明星の間から再び中央講堂に移動して、またくじをひいた。

午後の交流の時間の相手は、東京からきたツダさんという若い男の人だった。冬には不自然な色黒で、ウェーブのかかった髪は茶色く染めてあった。その人がしゃべるたびに黒いシャツの胸元からのぞく金や銀のネックレスがちゃらちゃらと揺れて光った。

簡単な自己紹介を終えたあと、「あなたのようなレディーとお話しできておにいさんはうれしい」といったので、警戒してこちらからはしゃべらずにいると、「……こわい？」と自分の黒い顔を指差して、困ったように笑った。

「ごめんごめん。そんなこわがらないで、怪しいものじゃないから」

わたしがふっと笑うと、相手もほっとしたような顔になった。

茶色い髪の毛をかき上げると、「えーと、中三ってことは、今十五？」ときいてきた。

「……はい」

「親ときたの？」

「……はい」

「だよね。みずからすすんでこないよね、こんなとこ」

「ツダさんは？」

「おれ？　おれはひとりできたよ。あ、好きできたんじゃないよ。ばあちゃんにいけっていわれて、無理矢理」

「おばあさんに」

「うん。ばあちゃん今入院してて、さ、死にかけなんだよね。きたくてもこれないでしょ。だからおれが代わりにね」

「そうなんですか……」

言葉は乱暴だけど、見た目によらずおばあさん思いの孫なのかもしれないと思った。

「いやだっつったんだけどさ、いけば金くれるっていうから」

「そうですか……」

やっぱり見た目どおりかもしれなかった。ツダさんはニッと白い歯を見せて三本指を立てた。

「三十万」

「さ、三十？　もらったんですか？　入院中のおばあさんから？」

ツダさんは笑ってうなずいた。

「おれの貴重な二日間だぜ。金額に換算するとそれぐらいするだろ」

「……」

「あっ。その顔はひいてるな。いいんだよ、ばあちゃん金持ちなんだから。金と一緒に天国いけるわけじゃないだろ。……なんだよう。そんな目で見ないでくれよ。金くれっておれがいいだしたわけじゃないし、こら見るな。なあ、どうしよ、完全に警戒されちゃったよ、おれ」

と、後ろを振り向いていった。ツダさんの後ろの席には、ツダさんよりももっと派手な色に髪を染めた若い男の人が座っていた。ツダさんの友達だろうか、と思ったら、それは春ちゃんの彼氏だった。

ツダさんに助けを求められてこっちを向いた。目が合ったので会釈した。

「……あれ、知り合い？」

春ちゃんの彼氏は首をかしげるような仕草をした。

「へー、そっか。同じ支部？」とツダさんがきいた。

「……」

「ちがうの？　じゃあなに、同じ学校とか？　ちがうか。キミは中学生でこっちは高校生だもんな。あ、おれたちね、さっき昼飯のときちょっとしゃべって仲良くなったんだよね。こんなもんで腹がふくれるかー、肉食わせろーって意気投合。な」

彼氏はふふっと笑ってうなずいた。

「席もこんな近くになるし、運命の出会いってやつだね。……で？　どういう関係？」

わたしがなにもいわないでいると、彼氏が小さな声で「……おれ、知り合いのつきそいできたんで。……支部とか、よくわかんないっす」といった。

知り合いとは春ちゃんのことだろう。なんの関係もないわたしが、その言葉に少し傷ついてしまった。

「あーそー。つきそいで。なんかおれと似てるね。おまえも貴重な二日間を棒に振ったわけだ。気の毒だねえ」

ツダさんは彼氏の肩をポンポン叩いて笑った。

終了の鉦が鳴るまでまだ少し時間があった。ツダさんは明日の夕方まで酒が飲めないなんてありえねえ、としきりにぼやいていた。わたしと春ちゃんの彼氏はツダさんの話に首をかしげたり、たまにうなずいたりして時間が過ぎるのを待った。ツダさんは自分が突然話しかけたせいで、彼氏とその相手の交流を中断させてしまったことには気づいていないようだった。彼氏の相手は白髪まじりの髪の毛を七三わけにした小柄なおじさんだった。わたしたちの会話には加わろうとせず、ひとり手のひらを見つめたりひざ小僧をさすったりしていた。

「あーあ。帰ってビール飲みてえ」

ツダさんが大声でいうと、おじさんだけでなく、まわりの席の人たちも不愉快そうな顔を向けたので恥ずかしかった。


夕食の時間、お昼にだされたのとまったく同じおにぎり弁当を部屋で友達と食べていると、同じ支部の子がふすまを開けて駆けこんできた。

「海路さんが食堂でやきそば作ってるよ！」

わあーと歓声が上がり、すぐに何人かが立ち上がった。なかには手にしていたお弁当をほったらかしにして廊下へでた子もいた。わたしは最後にとっておいたウインナーを口にほうりこむと、同時に食べ終えたさなえちゃんと、ふたりの友達も誘って二階の食堂に向かった。廊下を急ぎ足ですすんでいるときからすでにソースの焦げるいいにおいが漂っていた。

食堂のテーブルには大きなホットプレートがずらりと五枚並んでいた。白いTシャツ姿の海路さんが真んなかのホットプレートの前に立ち、大きなコテを握った両手をせっせと動かしていた。左右には同じく白いTシャツを着た手伝いの男の人たちがコテを動かしていて、その手前のテーブルではエプロン姿の昇子さんが紙皿を並べていた。

「できたぞー」

海路さんがコテを握った両腕を高く挙げると、拍手が起こった。

この、夕食後にやきそばをふるまうという企画は、海路さんがまだ高校生だったころにはじめたものだ。それまでは、おにぎり弁当と持参したお菓子でお腹をふくらませるしかなかった。やきそばは大好評で、翌年には九州の支部の人がやきそばの横に豚汁コーナーをだした。自腹でふるまってくれているらしく、豚汁はその年だけで終わったけど、海路さんはお金持ちだからか、はじめは一枚だったホットプレートもいつのまにか五枚に増えているし、具材も年々豪華になっているような気がする。今年のやきそばには大きなホタテがごろんと入っていた。

「この味だー」

「おいしいね」

あちこちで声が上がった。

——海路さん思ったより元気そうね……。

——今年はこれ食べられないかと思ってた……。

とささやく声も、やきそばをすする音に混じってきこえてきた。

食堂のすみっこには、立ったままやきそばをほおばるツダさんの姿もあった。隠し味がなんなのか知りたいといっていた春ちゃんもいた。窓際のテーブルで、彼氏が手にした紙皿からひと口もらってすすっていた。

ボリュームがあるので、わたしもさなえちゃんと一人前を半分ずつにして食べた。少し遅れて食堂に入ってきた友達が「ちーちゃん、さっきお父さんとお母さんが探してたよ」と教えてくれた。「たぶん食堂だと思いますって伝えたんだけど、やっぱりここだった」

「ほんと。ありがと。どのへんにいた？」

「ちーちゃんの部屋の前の廊下。今年はお母さんと部屋が別々なんだね」

「うん。バスが別々だったから」

「ここで待ってたら、そのうちお父さんたちもやきそば食べにくるんじゃないかな」

「んー、どうしようかな。お父さんもお母さんもやきそば食べないんだよね……、部屋まで見にいってみようかな」

「えー、ここで待ってなよ」

「そうだよ、食堂にいるってことは伝えてあるんだからさ」

「……それもそうだね、待ってみようか」

みんなのいうとおり、やきそばを食べ終えたあともしばらく食堂で待っていたのだけど、結局父と母はあらわれなかった。

お腹がふくれたあとは、このまま布団の上にごろんと寝転がりたいところだけど、初日のスケジュールはあとひとつだけ残っていた。

午後八時からは『宣誓の時間』だ。

わたしたちは中央講堂の入り口でこの日三度目のくじをひいた。交流の時間のときと箱は同じものだけど、今度はなかの紙に書かれている内容がちがう。ひいた紙きれには「A－3」とかの記号や番号は書かれていない。ただ赤いペンで大きく「○」と記されているだけだ。「○」は当たりの印で、箱のなかにはこの当たりくじが二十枚だけ入っている。ほとんどの人が白紙の紙きれを手にするなか、当たりをひくことは大変名誉なこととされていた。当たった人はひとりずつ順番に壇上のマイクの前にすみでて、みんなの前で「宣誓」をすることになっている。宣誓の内容はなんでもいい。白い目で見られるのが平気なら「○○のコンサートにいきまくるぞー」でも「今年こそやせるぞー」でもいい。実際、毎年ひとりかふたりはそういうことを口にして会場をしんとさせてしまう人がいる。反対に、心に響く宣誓をした人に対してはスタンディングオベーションが起こることもある。宣誓自体は難しいことではないのだけど、全国各地から集まった会員の視線にさらされるのは緊張するし恥ずかしいから、できれば当たりたくない。

わたしは過去一度だけ当たってしまったことがある。小学一年生のときだった。父と母が隣りで大喜びしていたのを覚えている。ステージに上がる直前になっても大勢の人たちの前でいうべきことがなにも浮かばず泣きべそをかいていたわたしに、父は「わたくし、林ちひろは、あいのために生きますっていっておいで」といい、母は「わたくし、林ちひろは、ほうしのために生きますっていうのでもいいわよ」といった。

だから両方とって、「わたくし、林ちひろは、あいと、ほうしのために、生きます」と宣誓した。子供ということで大目に見てもらえたのか、それともわたしの涙声がよかったのか、スタンディングオベーションまではいかなかったけど、大きな拍手をもらった。

もしまた当たるようなことがあればあのときの宣誓の言葉を使い回せばいいやと思いながら、八年がたってしまった。さすがに小学一年生の自分と同じことをいうのはまずいだろう。だけど……。

わたしは箱のなかに手を差し入れながら、近くに父と母の姿がないか探した。今朝、駅に着いたときにわかれて以降、ふたりともどこにいったのか、一度も姿を見ていなかった。

万が一当たったらどうしよう。一体なにをいえばいいだろう。そばに教えてくれる人がいないとわからない。どうか今年も当たりませんように……。

ドキドキしながら、最初に指先にふれた一枚をエイッとひいた。

「どう？ ちーちゃん」

先にはずれをひいていたさなえちゃんがわたしの手元をのぞきこんだ。

わたしはさなえちゃんに見えるように紙をひろげて見せた。

「……なーんだ。ちーちゃんもはずれかあ」

「うん」

「一回くらい当たってみたいなー。わたしまだ一回もないの。ちーちゃんは一回あるんだよね」

「うん、一回だけ」

「いいなー」

よっし、はずれた！ と大きな声がしたので振り向くと、後ろのほうでツダさんがガッツポーズしていた。目が合うと、ニヤッと笑って白紙の用紙をこっちにひろげて見せた。

「なにあのひと。はずれて喜んでる」とさなえちゃんが小声でいった。「わ。こっちきた。ちーちゃん知り合い?」

「……午後の交流の相手」

「げ。まじ?　変なのと当たったね」

「あっ。あそこの席空いてる、いこ、早く」

座席は自由だったので、わたしは空いている席を見つけてさなえちゃんの手を引っぱった。ツダさんからさりげなく逃げたつもりだったのだけど、ツダさんはわたしの席のななめ後ろに空席を見つけて座ってしまった。

当たりをひいた人たちは、すでにステージに上がる階段の横にスタンバイしていた。背すじを伸ばして壇上に設置されたマイクをじっと見つめている人、目を閉じて胸に手を当てて深呼吸している人、手にしたメモらしきものを見つめている人、わたしの席からはこれから宣誓をする人たちの真剣な横顔が見えた。あの人たちのなかには、何年も、何十年も、当たりをひくことを夢見てきた人がいる。あの人たちだけではなくて、今隣りに座っているさなえちゃんだってそうだし、ここにいるほとんどの人がそうなのかもしれない。

司会者が、まだ立ち歩いている人たちに早く着席するように呼びかけているとき、ひときわ目立つ髪の色をした男の人がふらふらとステージ脇の階段のほうへ近づいていくのが見えた。運営スタッフのひとりと、ひとことふたこと言葉を交わすと、スタッフに案内されながら宣誓者の列の一番後ろについた。

「あれー? ねえ見て、あの金髪の人って……」

と、さなえちゃんがいった。

「うん」

わたしはうなずいた。春ちゃんの彼氏だ。

「ひょえー。あいつ当たってやんの!」

後ろからツダさんの声がした。

「わたくし、山田たけしはラオスに小学校を建設することをここにお約束いたします!」

と、今年はこんな宣誓からはじまった。全体の拍手はまばらだったけど、会場の一角からは、オオーッと大きな歓声が上がった。おそらく山田たけしさんの親戚か、同じ支部の人たちの声だ。

「わたくしは今年中にあと十名の入会申込書を提出することをここにお約束いたします！」

「わたくしは残りの人生をかけて心の貧しい者を救うことをお約束いたします！」

「わたくしは来年の滝行ツアーに最低でも五回は参加することをお約束いたします！」

宣誓を終えた人は、すみやかにステージの反対側から降りていく。宣誓者の列はどんどん短くなっていった。

「……大丈夫かあいつ」ぽつりとツダさんがいった。「でかい声でんのかな」

声がでるかどうかより、なにをいうのかが気になった。春ちゃんの彼氏の出番が近づくにつれて、わたしの心臓のドキドキが激しくなっていった。

宣誓がはじまってまもなく、中央の前から三列目の席に、お母さんと並んで座っている春ちゃんの後ろ姿をさなえちゃんが発見していた。後ろ髪は彼氏からのプレゼントだというキラキラのヘアクリップで留めてあった。ここからではどんな表情をしているか見えなかったけど、わたしとは比べものにならないほど緊張しているだろう。

「わたくしは環境美化活動役員に来年も立候補することをお約束いたします！」

彼氏の直前の人が宣誓を終えて、階段を降りていった。つづいてゆらゆら揺れる金髪頭がゆっくりと階段を上っていき、ステージの中央まですすむとマイクの前で止まった。たくさんの人で埋め尽くされた座席に向き直ると、そこでスウッと、彼氏は小さく息を吸いこんだように見えた。

「おれは」というと、「あ、ぼくは」といい直した。

「ぼくは、ぼく戸倉りゅういちは、ぼくの好きな人が信じてるものが一体なんなのか知りたくて、今日ここにきました」

そこで一度言葉を切って、スー、ハー、と深呼吸した。

「……ぼくは、ぼくの好きな人が信じるものを、一緒に信じたいです。……それがどんなものなのかまだ全然わからないけど、ここにくればわかるっていうんなら、おれ来年もここにきます。わかるまでおれはここにきま、えー、くることを、おれはおれの好きな人に、約束します」

いい終えると、彼氏はあごをぴょこっと前につきだすような仕草をした。どうやら頭を下げたらしい。会場から大きな拍手が起こり、ひゅ～、ひゅ～、とあちこちからひやかす声が上がった。

彼氏はステージの上で金髪の頭をかいて笑っていた。その視線の先に春ちゃんがいた。春ちゃんのお母さんが下を向いてしまった春ちゃんの肩を抱き、興奮したようすで夢中でなにか話しかけていた。

「……うらぎりものめ」

後ろから、ツダさんのつぶやく声がきこえた。


宣誓の時間が終わったあと、わたしたちはお風呂に入った。

お風呂のなかは自由時間だ。大浴場でお互いの背中を流し合い、湯船に浸かって歌をうたい、友達からバラのにおいのする外国製のシャンプーを借りて髪を洗った。

星々の郷というだけあって、夜になると空一面星だらけになる。湯船に面した一番大きな窓からは、星空がよく見えた。家のお風呂では手足を伸ばすことができないので、ここぞとばかりに思いきり両手両足をひろげると、そのままお湯の表面に仰向けでぽっかり浮いた。それを見てまわりにいたみんなが笑った。

「あっ。流れ星」

お湯に半分浸かったわたしの耳に、誰かのくぐもった声が届いた。

「どのへん？」

「あっち」

「どっち？」

「あっち。あっまた」

「見えた！」

「ねえ、ほらちーちゃんも」

体を起こして、わたしも窓の向こうにひろがる空を見た。

「アッ」

「見えた」

「見えたね」

湯船のなかにいた何人かが声を上げた。

「ちーちゃん見えた？」ときかれて「ううん」と首を横に振った。

「アッまた！」

「見えた」

「ちーちゃん今のは？」

「ううん」

また見逃してしまった。去年は一番最初に目撃したのに。

「あっちのほうだよ」

「うん」

「なんかのぼせてきちゃった」

「そろそろあがる?」

「だめだめ。ちーちゃんが流れ星見るまで。見てないのはちーちゃんだけなんだから」

「いいよ。先にあがってて」

「だめだよう。みんなで一斉に宇宙のエネルギーを取りこむんだから」

「そうだよ。ちーちゃんが見えるまで待ってる」

みんなゆでダコのように赤い顔をしていった。

「ほらちーちゃん、顔上げて。年に一度の星々の郷だよ」

「うん」

「開会式で会長もいってたでしょ。神聖な場所で見る神聖な星は人の運命を変える力を持ってるって」

「そうだね」

そのまま十分がたった。

「アッ」

「見えた!」

「見えたねえ！」

「ちーちゃん？」

「うん」

「見た？」

「うん見えた」

「よかった。さーあがろ」

やっと湯船からでたわたしたちの体は真っ赤っ赤だった。さなえちゃんなんか拭いても拭いても汗が引かなくて、いつまでも扇風機の前から離れなかった。

部屋に戻る途中の廊下で、昇子さんとすれちがった。それまでワイワイおしゃべりしながら横並びに歩いていたわたしたちは、前方に昇子さんの姿を発見すると、自然と声のボリュームを落とし、申し合わせたようにたて一列になった。

昇子さんはわたしたちに小さく手を振った。

「みんなでお風呂いってたの？」

「うん、はい」

「赤い顔してる」

「へへ、長湯しちゃって」

「そう。気持ちよかった？」

「はい」

「よかったね。おやすみ」

「おやすみなさい」

すれちがったあとに「ちーちゃん」と名前を呼ばれた。振り返ると、「さっき、お母さんが探してたよ」と教えてくれた。

「お母さんどこにいましたか？」

宣誓の時間も父と母に会えなかった。ずいぶん長いあいだ、両親の顔を見ていない気がした。

「お父さんとロビーにいたよ」

と昇子さんがいった。

「いってきなよ」さなえちゃんが気をつかってくれて、わたしの荷物を預かってくれた。

「ありがと。ちょっといってくるね」

わたしはみんなとわかれて、ひとり階段を下りていった。

いわれてきてみたものの、一階のロビーには、父と母の姿はなかった。

ソファで談笑している人の姿や公衆電話を使っている人、みんな知らない顔ばかりだった。どこからかすきま風が入ってくるのか、五分ほどロビーにいただけで、火照っていた肌から急速に熱がうばわれていった。

一旦、部屋に戻ることにした。

「お母さんに会えた？」

布団の上に立てて置いた鏡をのぞきこみながら、ブラシで髪をとかしていたさなえちゃんが顔を上げていった。

「ううん、いなかった」

「お父さんは？」

「お父さんも」

「あれ。おかしいなあ。さっきお母さんここにきたんだよ。ちーちゃんいる？　って」

「そうなの？」

「うん、ほんとについさっき。廊下で会わなかった？」

「会ってないよ」

「ロビーにいきましたって伝えたんだけど、入れちがいになったのかな」

「わたしいってくる」

「どこに？」

「ロビー」

「また？　ここで待ってれば？」

「……いってくる」

「また入れちがいになっても知らないよ」

「でも」

「待ってるほうがいいよ。じゃないとまたお互いにいったりきたりで一生会えなくなるかもよ」

といってさなえちゃんは笑った。

「なんでそういうこというの？」

「え？」

「一生とか、おおげさなこと……」

さなえちゃんはきょとんとした顔で「ごめん……」といった。

「ごめん」とわたしもあやまった。「ごめんね、じつはここにきてから全然お母さんとお父さんに会えてなくて」

「そうだったんだ。ちーちゃんたち、仲いいもんねえ」

「……」

「大丈夫。会えるよ。ここで十五分くらい待ってみて、会えなかったらお母さんの部屋にいってみよ。わたしも一緒にいくからさ」

「……ありがとう」

さなえちゃんに座ったら？　といわれてそのまま布団の上に腰を下ろした。落ち着かない気持ちのまま数分がたったとき、部屋のふすまが開いた。

「お母さん！」

ふすまとふすまのあいだから、母の顔がのぞいていた。

母はにっこり笑って「やっと見つけた」といった。

「もう!　お母さん今までどこにいたの？　探したんだよ」

「それはこっちのセリフよう」

「ちーちゃんよかったね」さなえちゃんがいった。

母は部屋には入ってこなかった。ふすまの陰から手招きをしてわたしを呼んだ。

「なに？」

「あのね、今からお散歩しない？」

「今から？」

「そう。星がきれいに見える場所教えてもらったの」

「星ならどこでも見れるじゃん」

「特別な場所なの」

「……寒くないかな」

「髪の毛乾かして、コート着てきなさい。お母さんロビーで待ってるから」

そういうと、母は先にいってしまった。

ドライヤーがないので急いでタオルでごしごし濡れた髪と頭をこすった。パジャマ代わりのトレーナーの上にセーターとコートを着て、さなえちゃんが貸してくれたマフラーをぐるりと巻いて一階に下りると、ロビーには父もいた。

「きたきた」というと、ソファからゆっくり腰を上げた。

三人で散歩するなんてはじめてのことかもしれなかった。外は思ったよりは寒くなかった。

父と母のほっぺたは白く光っていた。

「ふたりとも、お風呂入った？」

「まだ」

「入らないの？」

「散歩から帰ったら入るよ」

「じゃあ早く帰らないと。大浴場十一時までだよ。十一時過ぎたら鍵閉まっちゃうよ」

「それまでには帰るわよ」

「今何時？　時計持ってる？　時間見といたほうがいいよ」

「心配性だなちーちゃんは」と父が笑った。「せっかくのんびり散歩してるんだから、今は時間のことは気にしないの」

「でもさあ」

「ほら、こっちだよ。こっちの道」

わたしたちは宿泊施設の裏手から石の階段を上っていった。階段は途中で終わり、そこからゆるやかな坂道に変わった。一歩すすむごとにザ、ザ、と靴底と土のこすれる音がした。月明かりと施設の部屋の窓からもれるたくさんの蛍光灯の光がわたしたちの足下を照らしていた。あたりは冷たい草のにおいがした。

「ここだ」と父がいった。

坂道から平坦な道に変わったところだった。靴底に当たる土の感触も、やわらかい芝の感触に変わっていた。

わたしたち三人は、なにもない丘の上に立っていた。

「広いのねえ……」

母が星空を見上げていった。

「あれが本堂だね」

父は一番大きな建物を指差していった。屋根のてっぺんに星型のオブジェが暗く浮かびあがっていた。

「あれが中央講堂で」

今度は右手に見える四角い影を指差した。

「で、あれが記念塔だろ」

オレンジ色に光る小さな明かりを指差した。

「それでその手前のが」

「あれはわかるよ。三角堂」

三角堂はその名のとおり、建物自体がどの角度から見ても三角のかたちをしている。昔はあのなかで歌をうたったり、演奏会がひらかれたりしたそうだ。今は閉鎖されている。二十年以上前にあの場所で集団リンチがおこなわれたことが閉鎖の原因だときいたことがあったけど、ほんとかどうかはわからない。

「……座ろうか」

父がいい、母が手提げ鞄のなかからビニールシートを取りだした。

「用意がいいんだね」

わたしたちはシートの上に腰を下ろした。父、わたし、母の順に横に並び、そうしてしばらく黙って星空を見上げていた。

突然、父が「どうだ受験勉強は」といいだしたので、おかしくて笑ってしまった。今まで一度もそんなことときかれたことはなかった。

「どうしたの急に」

「いやあ……どうかなと思ってね」

「してるよ、勉強」

「……ならいいんだ」

「自信あるの？」と今度は母がいった。

「受かる自信？　うーん、あるっていったら、もしダメだったときカッコ悪いからいわない、ふふ」

「瀬乃高校か」

「うん」

「……遠いな」

「うん」

「……」

それきり父も母もなにもいわなくなってしまった。

「新村くんからきいたんだけどね、西島工業の修学旅行ってオーストラリアなんだって」とわたしはいった。

「まあそうなの、オーストラリア」

「うん」

「……」

そしてわたしも、父と母と同じようにだまってしまった。

そろそろ部屋に戻ろうか、といおうとしたとき、隣りで父が「アッ」と声を上げた。

「どうしたの」

「流れ星」

「どこ?」

「あのへん」

と、星空の一点を指差した。

「お母さん見た？」

「ううん」

「なんだ、ふたりとも見逃したのか」

「一瞬なんだもん」

「よく見ててごらん。あのへんだよ」

父の指差す方向を、しばらく三人で見上げていた。すると今度は両側から同時に
「アッ」ときこえた。

「見えたわ」

「うん見えた」

「ちーちゃん？」

「……見えなかった……」

「よく見てなくちゃ。まばたきしちゃだめよ」

「うん」

「よーし。みんなで流れ星を見るまで部屋に戻らないぞ」と父がいった。

わたしはなるべくまばたきしないように我慢して夜空を見つづけた。だけど流れ星

を発見する前に、目が乾いて痛くなってきた。

「……もう限界」

下を向いて両目を手で押さえていると、わたしの肩に母がそっと手を置いていった。

「もうちょっと」

「でも目痛いし」

「せっかくここまできたんだから」

と父もいった。

「もういいよ。目痛いし、それにお風呂の時間だってあるし」

「お風呂の時間は大丈夫だから」

「ちーちゃん、ね、もうちょっとだけ」

何度かまばたきを繰り返し、指の腹でぎゅっと目頭を押さえたあと、わたしは再び夜空を見上げた。

「……この場所はね、一時間に二十個の流れ星が肉眼で見えるっていわれてるのよ」

と母がいった。

「ほんと？　それ誰からきいたの」

「昇子さん。この場所、昇子さんに教えてもらったの」

そういわれて、わたしはさっき自分たちが歩いてきた道を振り向いた。暗闇の向こうから、ザ、ザ、ザ、という足音とともに、昇子さんと海路さんの二つの影がこちらに向かって近づいてくるような気がした。

だけど目をこらした先はただの暗がりで、人影も確認できなければ、足音もきこえてこなかった。

ハックショイ！　と、父が大きなくしゃみをひとつした。

「大丈夫？」

「大丈夫、大丈夫」ずるる、と鼻をすすった。

「やっぱりもう戻ろうよ」

「大丈夫だから」

「だめだよ。ここにいたら風邪ひくよ。お父さんもお母さんも寒くないの？　ねえお父さん、寒いでしょ。そのタオル凍ってない？」

父の頭の上のタオルをさわってみるとカチカチになっていた。

「やっぱり。ねえもう戻ろうよ」

「いやこれくらいがちょうどいい」

「なにいってんの、風邪ひくよ」

「座ってちーちゃん」

と、腰を浮かしかけていたわたしの手をとり、父がいった。仕方なく、わたしはシートに腰を下ろした。

……いいかい、流れ星の波動には宇宙のエネルギーを地上に届ける役割が……、と父が話しはじめたそのときだった。わたしの頭の上で星がひとつスッと流れた。

「アッ」

「どうしたの、ちーちゃん」

「見えた」

「え？」

「見えたよ」

「どこ？」

「あのへん」

わたしはたった今星が流れた場所を指差した。

「母さん見たか」

「いいえ」

「あのへんだよ」

「ちーちゃん見まちがえたんじゃないの」

「ほんとに見えたってば」

「ほんと？」

「ほんとだよ！」

「見えなかったけどなあ」

「ええ」

「じゃあ戻ろう」わたしはシートから立ち上がった。「風邪ひく前に。お風呂の時間もあることだしさ」

「待って。あと一回」

と、母はわたしの腕を両手でつかんだ。「せっかくなら、三人で見なくちゃ」

「でもお風呂の時間が……」

「お風呂の時間は大丈夫だから、ほら座って」

と父がいった。

「……じゃあ、あと五分だけ」と、わたしがシートに腰を下ろして空を見上げたその瞬間、

「アッ」

「どうしたの」

「見えた。また見えた」

「うそ」

「あっち、見たでしょ？」

ううん、と父も母も首を横に振った。

「見えなかったな」

「見えなかったわね」

「またあ？　もー」

「どっちだって？」

「あっちだってば。よく見といてね。まばたきしちゃだめだからね」

「よしわかった」

父と母は、わたしの体に自分たちの体をぴたりと寄せた。

「こうやって、ちーちゃんと同じ方角見てれば見えるかな……」

その直後、またひとつ星が流れた。

「アッ。見た？」

「ううん」

「見たでしょ?」

「ううん見えなかった」

「あのへんだよアッ。また! 今の大きかった。見たでしょ」

「ううん」

「どこだって?」

「あのへんだよ」

「どこ?」

「あのへん」

「どこ?」

「だからあのへん……」

「どこ?」

「あのへん……」

わたしの左側で、わたしの背中に腕を回した父が「見えなかったなあ」といった。

わたしの右側で、わたしの右のほっぺたに顔をくっつけた母が「見えなかったわねえ」といった。わたしの体は、父と母に両側から強く抱きしめられていた。

「見えない」

「まだまだ」

「まだ見えない……」

星がひとつ流れるたびに、父と母はそういって、わたしの体に回した腕に力をこめた。

丘の下に並んでいた窓の明かりがひとつずつ静かに消えていき、気がつけば、記念塔の明かりがぽつんとともっているだけになっていた。

わたしのいる場所はあたたかく、目を閉じればそのまま眠ってしまいそうだった。

このまま眠ってしまえばいいだろうか。そうしたら、薬を飲まされ、ＩＣチップを埋め込まれ、催眠術をかけられて、明日の朝にわたしは変わっているだろうか……

父がまたひとつ、大きなくしゃみをした。

草や木の葉が風に揺れてこすれる音が、遠くのほうから近づいてきて、また離れていった。

わたしたち親子は、その夜、いつまでも星空を眺めつづけた。

対談　書くことがない、けれど書く

小川洋子×今村夏子

思いがけないデビュー

小川　初めて今村さんとお会いしたのは、太宰治賞の授賞式でした。あのときのすごく緊張されていたようすが忘れられません。

今村　私、小川さんのほうをまったく見られなくて。授賞式のあとにバーに行ったんですけど、その時も、目もあわせられませんでした。

小川　よっぽど私が怖いのかと思いました（笑）。

今村　いえ、そんなことはないです。でもペリエを注文されていたのを覚えています。

小川　そのときのカチンコチンの印象が強かったんですが、先日の野間文芸新人賞の記者会見で立派に質問に答えておられたのを見て、今村さんの中で変化があったのだろうと感じました。

今村　そうですね。

小川　『こちらあみ子』（受賞時は「あたらしい娘」）が太宰賞を受賞されたとき、そして引き続き三島由紀夫賞をとられたとき、それからこの間『あひる』で河合隼雄物語賞を受賞されたときと、私はすべて選考委員としてかかわってきたんです。

今村　ありがとうございます。

小川　今村さんのデビューの時から保護者のようにそばで見守ってきた気がします。でも三島賞の記者会見で、「もう自分には書くことがない」とおっしゃっていましたよね。

今村　言いました。

小川　それを聞いたときに私は、「ああ、書くことがないという人は信用できるな」と思ったんです。あのときは電話での記者会見で、喜びに湧くというようすはまったくなく、何か「どうして自分はこんなことになっちゃったんだろう」みたいな、呆然としたような受け答えでした。でも、小説が生まれるのは、途方に暮れたときですから、「ああ、今村さんはこう言っていてもやっぱり書くし、これから今村さんが書くものを読みたいな」と思いました。

今村　ありがとうございます。私は家で一人で結果を待っていたんですが、結果を聞いて泣いてしまったんです。小説を書いていることを誰にも言ってなかったということもあるんですけど、「どうしよう。もう書くこともないのにほめられて」と思ったんです。ほめられ慣れてないので動揺しました。三島賞の授賞式も出席するか迷ったんですが、妹に「色々気にしすぎ」という感じのことを言われて。

小川　そう。おっしゃる通り。

今村　それで、まあいっか、と思って。

小川　そのときも控室で「この服、通販で買ったんです」っておっしゃったのを、私覚えています。

今村　太宰賞の時と同じ服でした。

小川　今村さんについては忘れられないことがいろいろあるんですが、デビュー作の『こちらあみ子』も、ほんとうに「ふと」としかいえないささいなきっかけで書き始められたんですよね。アルバイト先から「明日一日休んでくれ」と言われて。

今村　そうなんです。ホテルの清掃の仕事だったんですけど、稼働率が下がってくると、戦力外の人から「あなたは明日休んでください」と言われるんです。それでぽっかり穴が空いたみたいになって、で、「何かしよう。小説でも書いてみようかな」っていう軽い気持ちで書き始めました。

小川　でも、「あみ子」のような存在は、心のうちにずっといたんですか？

今村　うーん。書いているうちにああいう感じになりました。最初は明るくておしゃれな女の子を主人公にしようと思っていた気がします。

小川　へえー。そうなんですか。

今村　少々のことではへこたれないような女の子を主人公にしようと思って書き始めました。

小川　そのへこたれないところは貫かれていますね。『こちらあみ子』を初めて読んだとき、最初はあみ子の正体がよくわからなかったんです。子供なのか、もしかしたらおばあさんなのか、すごく曖昧なまま進んでいく。お母さんとの関係も違和感があり、どうしてお母さんが出てくるとちょっと妙な感じになるのかなと思って読んでいくと、段々「ああ、義理の関係なんだ」ということがわかってくる。そういう読み手への情報の出し方が独特なんですよね。あらゆる情報を作家がすべて持っていて、それを計算して出しているというより、多分今

今村　村さん自身もまだ情報を獲得しきれていないんだと思います。
小川　はい、それはあります。
今村　とりあえずこう書く。そんな雰囲気があります。
小川　はい。会話を書いているうちに、「この人はこういうことを考え、こういうことを言う人なんだな」と、段々その人のことがわかってくるような感じです。
小川　そうそう。会話で印象的だったのが、誕生日にプレゼントされた使い捨てカメラで、あみ子が家族の写真をとろうとする場面。あみ子がドジでうまくいかない。そうすると、お母さんが「もういいわ。撮らなくていいです」と標準語で言うんです。そこでこちらにも二人の関係がわかるんです。ここのお母さんのセリフは、予め用意されたセリフじゃなくて、いまこの瞬間、今村さんの指先からこぼれ落ちたという、フレッシュな感じがあって、そこが余計怖いんですよね。

空白、そして『あひる』へ

小川　『こちらあみ子』のあとたくさんの出版社が今村さんに書いてほしいと思ったはずですが、そのあと書けない時期、というか書かない時期があったんですよね。

今村　そうなんです。『こちらあみ子』に収録された「ピクニック」を書いた後、しばらく間が空きました。それで、『こちらあみ子』を文庫化するときに、何かもう一つ入れたいと言われて、久しぶりに「チズさん」を書きました。書き始めるまで三年くらいでしょうか、ものすごく長く空いているわけではないですね。

小川　何となく、三島賞のときに今村さんが「もう書くことがない」ときっぱりおっしゃった言葉に引きずられていた気がします。それと、つぎの今村作品をみなさんが待ち望んでいたというのもあると思いますが。それでつぎに、「あひる」を書かれます。これは（「たべるのがおそい」を編集している）西崎憲さんがきっかけを作ってくれたんですか？

今村　そうです。「自分の楽しみのために書いてください。枚数もテーマも気にしなくていいですよ」とメールをいただきました。それでまた軽い気持ちで。「だったらできるかな」という感じでお引き受けしました。

小川　「自分が楽しんで書けばいいじゃないか」というのはすごく単純な境地なんですけど、一方で、その境地に行くのは難しいという気はします。

今村　小川さんは、書けなかった時期はありますか?

小川　正直に言うと、いつも書けない。たとえばここに記者がいっぱいいて「次は何を書くんですか?」と尋ねられても、「もう私、書くことなんかありません」と半分泣きながら言ってしまうかもしれません。常に途方にくれている状態。何か書き始めても、次の一行、次の場面がどうなるかわからない。一行書いたとしても、「これでいいのかな」という迷いがあります。何か常にスッキリしない状態で、はや三十年ですね。

今村　三十年の間、実際に書けなかった時期というのはないんですよね?

小川　うーん、それは私が小心者だからです。もっとガツンと肝の据わった人だったら「書かない」という選択肢もあったかもしれない。あるいは、書いていない時間が非常に不安だというのもありますね。書いていない状態も辛い、書いている状態も辛い。どっちを取るかっていうと、書いているほうをとる。

今村　毎日お書きになるんですか?

小川　まあ、毎日書くようにはしていますが、最近は体力的に時々休んだほうがいいかなと思うようになってきました。

共有する眼差し

小川　今村さん独特のこの文体やリズムは、どういう書かれ方をしているのか、とても気になります。サラサラ書いていると言っても驚かないけど、ものすごく遅筆かもしれないな、という予測もあります。

今村　私はあまり難しい言葉を知らないので、簡単な言葉ばかりですけど。簡単な言葉の使い方もあやしいので、辞書を引きながら書いています。何と言ったらいいんですかね、全然サラサラとは書けてないです。

小川　でも、読もうと思えばサラサラ読める文体ですよね。あるいは（野間文芸新人賞の）選評に書いたこととつながりますが、今村さんの小説を読むことは、『星の子』の「わたし」や、あみ子の声を聞いているという感じなんです。彼女たちが声なき声でしゃべっている、それに耳を澄ませているような体験なんです。それは書き手が語り手の目に映ったものしか書かないということに徹しているから、語り手の声になって届いてくるんだと思うんです。余計な雑音が入ってこない。でもそれは簡単そうでかなり難しいことのはずです。ほんとうに徹底してるなって感じたのは、『星の子』の最初のところ。「わたし」が思い出せない遠い記憶のことは全部「何々したそうだ」というふうに、全部伝聞の文体になっているんですよね。しつこいぐらいに。そこを微調整しない頑固さがあると思うんですが。それは意識はしていたんですか？

今村　意識していたかと言われると、自分でもよくわからないんですけど。

小川　ですから、あみ子の正体がしばらく不明だったり、お母さんとの関係が読者にはなかなか伝わってこない、というのも同じことだと思うんです。あみ子の目に映ったようにしか書かれていないからなんです。読者にとって必要な情報を親切に系統立てて示してくれない。だから、『星の子』の語り手の「わたし」も、自分が知らないことについては聞いた話しか語れない。それをあまり意識しないでできるのは、書いているときに今村さん自身も「わたし」の語りを聞いてるっていう感じなんでしょうか？

今村　他に書き方を知らないのだと思います。だからこういう感じでしか書けないような気もします。他の書き方をもっと勉強すれば変わるのかな、と思ったりもします。

小川　小説を書いてるときに、今村さんはどこにいるんですか？

今村　どこだろう。書いていて楽しいときは、主人公です。

小川　主人公の中にいるわけですね。語り手と目玉を共有できる人なんですね。

今村　でもなんか楽しくない、失敗したなっていうときは、どこにいるんだかよくわからないです。ふらふらしてます。小川さんはどこにいらっしゃるんですか？

小川　私は、ちょっと外れたところにいるんです。木陰からこっそり覗いている感じ。三人称で書いたことはありますか？

今村　三人称もあります。『あひる』の中に入っている「おばあちゃんの家」が三人称ですが、あみ子や『星の子』と同じような感覚で書いています。

小川　私もデビューして最初に三人称や「僕」で書いたとき、すごく怖かったというか、何が起こるんだろうって不安だったんですが、書いてみたら別に同じだなと感じました。そんなに画期的なことは起こりませんでした。自分では新しいことを始めるんだと思ってドキドキしていましたが、結局は、自分が書けるやり方でしか書けないっていうことですね。

今村　本当にそうですね。他のやり方ではできないかもしれません。

小川　勉強するといっても、勉強は頭ですることなので、あまり役に立ちそうもありません。小説の一番大事な部分は多分頭じゃないところでできているんでしょうから。

「暴力」と「報われなさ」

小川　平易で誰にでもわかる文体でありながら、今村さんの小説には、暴力が潜んでいるところがあります。あみ子は親に捨てられるような境遇だし、『あひる』は、あひるが死んだら別のと取り換えるという非常に身勝手な取り繕い方をする。『星の子』に至っては、半ば虐待と言ってもいい環境にいる。暴力と切り離せないものをいつも感じます。それも自分では分析はしていないですか？

今村　分析はしてないです。うーん、分析はしてないんですけど、自分はほんとうにハッピーな物語は書けないんだろうな、とは思います。書きたい気持ちはあるんですけど、書いていくうちに、またこんな感じになっちゃったなという。

小川　例えば『こちらあみ子』で、好きな男の子に殴られて、あみ子の歯が折れる場面があります。そういうわかりやすい暴力も出てきますよね。あるいはお母さんが流産して、亡くなった「弟の墓」をつくるとか。『星の子』で私がいちばん恐怖を感じたのは、南先生が教室で「わたし」を全否定するシーン。今村さんの世界に登場してくる人々は、隠しきれない暴力を発揮してしまうんです。「わたし」が南先生に、公園にいた不審者が自分の両親だと言ったときに、先生の目の奥に「ぽっと明かりがともった気がした」という描写があります。あれはどういう意味合いだったんですか？

今村　南先生が恥をかいたシーンです。南先生は生徒たちの前でいい格好をするんですが、それをちひろが、「先生がわたしたちを守ろうとやりすごしたあの不審者は私の親なんですよ」と言うことで、先生がちょっと傷つくというか恥をかくことを表したかったんです。恥が怒りに変わる瞬間というか。

小川　なるほど。私はこの「氷細工みたいだった南先生の目の奥に、ぽっと明かりがともった気がした」という一文に、すごく引っかかったんです。調子よく歩いていたら急に出っ張った石につまずいたような感じ。で、何なんだと思って見るんだけど、ただの石でしかない。でも膝小僧はすりむけている。そんな感触がありました。

南先生は、あの夜の自分の行動がじつは何の役にも立たなかったとわかって傷ついたと同時に、「わたし」の親があんな変なやつだということを知って、ひとつ材料をもらったと感じたんではないでしょうか。もともと嫌な男なんですが、本人も意識していない深いところに持っている残忍さがここに出ているような気がしました。そのあと教室で「わたし」を罵倒する。親のことも否定する。「その変な水もしまえ」ってね。

それと、南先生の似顔絵が計算用紙になっちゃうところですが、これもまた、今村さんの小説でいつも私が出会ってうーんと唸るところなんです。「報われなさ」というのでしょうか。一生懸命お母さんがつけていた育児日記が「わたし」の社会科のノートになったり、先生の似顔絵が優等生の計算用紙になる。あるいは『あひる』で、近所の子供の誕生日パーティーのためにお母さんがお鍋いっぱいのカレーをつくるんだけれど誰も来ない。先ほど話したように『こちらあみ子』でも、お母さんのためを思って作った死んだ赤ん坊のお墓が決定的な亀裂になる。報われないことがいっぱい出てくる小説ですね。

今村 はい、報われないことだらけです。

小川 しかも、報われないことと暴力は常にセットになっている。報われないだけじゃなくて暴力で返ってきたり、暴力を受けた結果報われない状態になったり。その報われないときに醸し出される空気は、わかりやすく言うと「チャラララー」って聞こえてくるような感じ。あの空気の感触は、やっぱり書きながら生まれてくるんですか？

今村 報われないエピソードは、自分が経験したり、見た場面、ずっと忘れられない思い出を参考にしています。そういう場面を書きたくて書き始めている場合もあります。あのときのちょっとつらい思い出を物語にできないかな、と考えて。

小川　奇想天外な話でありながら、そういう実体験が根っこにあるんですね。

今村　はい。だから、三十歳を過ぎたあたりから、めちゃくちゃつらい経験をすることが減ってきたので、子供のときのそういう記憶を全部使い果たしたらもう書けません。

小川　また始まった（笑）。だから、子供が主人公の作品が多いわけですし、そこが小説の核になっているので、切ないんです。でも、そういう報われない切なさがずっしり重く心にのしかかってきながらも、決して安易ではない救いがある。しかもそれは、つじつまを合わせるための救いではなくて、語り手自身もそれが救いだとは気付いてない、そういう種類の救いですよね。

先日の記者会見で、どうして子供の話ばかり書くんですかと質問されたとき、「私は今までの人生の三分の二ぐらい子供でしたから」というようにおっしゃってましたよね。

今村　自分の経験値の中でしか語れないんです。でも、それはしょうがないかなと思います。

小川　子供の目に映ったままを書こうと思っても、ふつうは大人になった自分が子供のころを思い出して書くやり方でしか書けないですよね。まだ生まれて何年かしかたってない、みどりがかったような瞳の中に作家が入れるのは、それは稀有な才能ですよ。

ラストをどう読むか？

小川　ところで、今村さんが一読者として『星の子』を読まれたら、このラストはどう解釈するんですか？

今村　私がほんとうに何も知らずに読んだとしたら、この家族にとって一番幸せな終わり方だと感じると思います。『星の子』のラストはけっこう迷いながら書きました。最初はもっと不穏な終わり方だったんですが、編集の方と相談したとき、家族の物語を書いているのに、私が最初に書いたラストだとあまりにも悪意が見えすぎているという話になり。それで直したんですが、その結果いろんな読み方をされるようになりました。

小川　それで微妙なところに着地したんですね。書評などで、「この最後は希望が見えてすごく良かった」というように書かれていたりして、「ええーっ。これのどこに希望が？」と私は思ったりするんですが。宿泊施設でお父さんとお母さんとなかなか会えそうで会えないという辺りが結構長く続きますよね。あそこでもう不穏な感じが伝わってきます。しかもお父さんとお母さんには全然危機感がない。読者の側からすると、流れ星同士は決して接触できない、すれ違っていくしかない、という思いに押しつぶされそうになる。「ああ、いよいよこの子は、この世界から飛び出していくときが近づいているんだな」と思ってしまう。でも、両親の庇護の元から外の世界へ出ていくということは、どんな家庭にも起こるので、そのこと自体が残酷でもないし不穏でもないんですけどね。でもやっぱり、読む方はここに書かれていない物語を勝手につくってしまう。「この子が世の中に出たら大変だろうな。新しい家庭をつくっても、安心して里帰りできるのかな」とか。

今村　そんなところまで。

小川　そうなんですよ。でも、ラストを直すのはけっこう勇気がいりますよね。

今村　はい。でもラストシーンに感動した、という感想をいただいたことは嬉しかったです。それは良かったと思います。

小川　最初の『星の子』のラストで、編集者が指摘した「悪意」は誰の悪意なんでしょう？　社会の悪意ですか？

今村　私が最初に考えたラストは、（教団のエリートの）海路さんと昇子さんが草むらの陰にいて、もしかしたら、ちひろは取り込まれるのかもしれない、という予感を漂わせた終わり方でした。

小川　ああ。じゃあ家族ではなく教団が出てくる。

今村　そうなんです。それがあんまりいい予感をさせない。

小川　させないですね、当然。

今村　この小説では「この家族は壊れてなんかないんだ」ということを書きたかったので、ラストシーンに登場させるのも家族だけにしました。

小川　つまり、この両親には、娘に対して何ら悪意はないということを、最終的にもう一度ここで宣言しているような終わり方ですね。でも、悪意のない家族だとしても、平和ではないということが残酷です。今のお話を聞いても、これから先社会に出たあとのことまで、私が勝手に妄想した展開もあながちハズレではないってことですね。

今村　はい（笑）。

小川　それを聞いて安心しました（笑）。

小川　「わたし」のお姉さんが出てきますが、このお姉さんの問題は置き去りにされていますよね？

今村　そうですね。お姉さんは家を出て、行方不明になったままです。

小川　同じ家で育ったきょうだいでも、二、三歳違ったために、運命が変わることってありますよね。疑問は持っているが、親のことを非難せずにとりあえず受け入れている妹と、ちょっと歳上だったためにそれができなかったお姉さんの差が出ています。年齢を選べないことは残酷ですね。

今村　そうですね。

小川　お姉さん――まーちゃんが家を出て行く場面で、彼女の手の描写があるんですが、ここでも私は大きくけつまずいて転んじゃったんです。まーちゃんの手が「無数の傷と謎のラクガキに覆われていて、本当の皮膚の色は下に隠れてしまっていた」。でも彼氏から貰った指輪が「キラン」と輝いていた。蛍光灯の下でね。お姉さんの存在感は、これで十分という気がしました。

今村　この無数の落書きのある手は、たまたま電車でそういう子を見たことがあって。

小川　それが心に焼き付いていて勝手に書かせてもらいました。
今村　それ、女の子でした？
小川　女の子でした。高校生のときです。
今村　そういう子を見かけたら、後をつけるなり、小説を書くなり、やっぱり何かアクションを起こしたくなりますよね。見なかったことにはできない。
小川　はい。
今村　その子は今無事なんでしょうか。
小川　願望ですが、多分無事です。
今村　いやあ、ちょっと不安が残る気がします。今村さんの小説のキーワードは、さっきの「暴力」と「報われなさ」、それともう一つ「きょうだい」だと思うんです。それも「暴力」と「報われなさ」とまたセットになっている。分かり合えないきょうだいが、けっこう出てくるんですよね。
今村　そうですね。私自身は三人兄妹で、兄と妹がいます。きょうだいがよくでてくるのは、やっぱり育った環境が大きいと思います。
小川　ご兄妹たちは、小説に親しんでいますか？
今村　あまり読まないんじゃないでしょうか。離れて暮らしているのでわかりませんが。

小川　あみ子のお兄さんは、不良になって家を出ていっちゃう。『星の子』のお姉さんもそうですよね。『あひる』の弟は、一生懸命資格の勉強をしているお姉さんとは全然毛色が違うタイプで、家をかき回す存在です。

今村　うちも、三人兄妹ものすごく仲良しという感じでもなかったので、そのことの影響はあるかもしれません。今は仲良いですけど。

小川　まあ、きょうだいって不思議な関係ですよね。小説にきょうだいを一人ぽつんと置くと、一気に話が動き出すし、視界がひらける感じがあります。『星の子』は、ひとりっ子でも十分成り立つ話ですが、やっぱりお姉さんのあの手の描写は、何百枚の小説の中で、絶対不可欠な描写だと思いました。そういうものが今村さんの小説には必ずあるんです。この一行はどんな編集者でも絶対削ってはダメだというような箇所が。

無言の世界の広がり

小川　宗教的なことについて描くというプランは最初からあったんですか？

今村　宗教をテーマにしようとは最初は思っていませんでした。だいぶ前に、頭にぺットボトルの水を掛け合う、高齢の男女のペアを目撃したんです。それがちょっと不気味に思えて、そのときのアルバイト先の人に「近所にこんな人がいるんだけど」って話したら、「えっ？　かっぱじゃない？」って言われて。それがずっと心に残っていました。あれを物語にできないかなと考えているうちに、何かの儀式みたいだなと思えてきて、そこから宗教に結びつけていきました。

小川　そうなんですね。この小説は、カルト宗教や幼児虐待、貧困家庭というような主題と結びつける読み方もできると思いますが、書き手としては、とても具体的で、しかも一瞬のことから出発しているだけなんですね。ペットボトルの水を掛け合っている高齢のペア、あるいは電車の中で見かけた落書きだらけの手、という、一見何ら社会的な広がりを持っていない、奇妙な一瞬、そういうものが実は小説の中心にある。

まあ、ペットボトルの水を掛け合うのはちょっと普通じゃないですが、南先生がそれを目撃するあのシーンがあって、それで先生の目の奥に明かりがともるという、私がけつまずいたところは、やっぱり重要なポイントではあったということを聞いて、自分がすごく的はずれなところで勝手にころんだんじゃないとわかりました。

先生に全否定され、行き場をなくした「わたし」を、なべちゃんの彼氏がピント外れなやり方で慰めてくれます。彼はいい味出してますよね。ほんとうの優しい子なんでしょう。「おれてっきりかっぱかなにかだと思った」というところに、私は傍線を引いてるんですけど、それも「かっぱじゃない？」と言った友達がいたからなんですね。

今村　はい。得体の知れないものを見てしまったという気持ちが、そう言ってもらってなごんだというか嬉しかったので、それを小説の中でも表現できたらいいなと思いました。

小川　『こちらあみ子』の最後のほうで、あみ子の好きなのり君の習字はこれだと教えてくれる坊主頭の男の子が出てきます。私はあの子が大好きなんです。

今村　私も好きです。

小川　大抵、救いになるのは少年ですね。

今村　そうかもしれないですね。

小川　なべちゃんのように女の子はけっこう意地悪が多いんですが、不器用に慰めてくれるのは男の子のほうです。あみ子が自分のことを「気持ち悪かったかね」とその坊主頭に尋ねるんですが、そのあたりの会話で、また一段と今村さんの世界が味わい深くなっていきます。会話を書くのはお好きなんですか？

今村　はい。会話は好きです。

小川　込み入った話をしているわけじゃないんですが、息遣いとか間とか空気が変わる一瞬が、会話の中に読み取れるんです。『星の子』のラストも、ほとんど会話だけで進行します。理屈じゃないんですよね。

今村　そうですね。会話が多いと言われるんですが、書いていると自然と多くなっていきます。

小川　いいと思います。会話が多いから何か失われているかというと全く逆で、会話にすることで、書いていない部分がまた増えている。でも、今村さんは書いていない世界の存在感がすごくあるんです。ですから会話が得意ということと、すべてを言葉にしないで無言の世界を残しておくというのは、イコールですね。しかも無言の面積のほうが圧倒的に広いんです。それも子供が語り手だからでしょうか？

今村　それもあると思います。

小川　子どもが見て感じたようにしか書けないから、語彙も少ないし、ややこしいことは分析できないし、「これはつまりこういうことなのか」と咀嚼もできないから、あったことをそのまま書くしかない感じでしょうか？

今村　そうだと思います。

小川　でも、言葉にしていない世界をちゃんと書けるというのは理想ですね。羨ましい。

今村　ええーっ！

小川　そんなふうに書きたい。

今村　そんなふうに小川さんに言われたらどうしていいか。

スランプと失敗作

小川　『星の子』がこれまでいちばん長い小説ですが、初めての長篇はいかがでしたか？

今村　大変でしたけど、短篇も長篇も難しいのは同じでした。

小川　長いから別の技術がいるわけでもないですしね。

今村　そうかもしれないです。

小川　私も初めて三百枚書いたときにそう思いました。思い描いていたような腰を抜かすようなことは何も起きず、ただ三百枚書いたというだけのことでした。

今村　書いている途中で、もうこれはだめだって思ったことはありませんか？

小川　しょっちゅうありますよ。今度こそだめだ、ついにだめなときがきたと思って、明日編集者に、もうだめですって言おうと。それで次の日、電話する前にもうちょっとだけやってみようと思って書いてみたら、次の場面がぼんやり見えてきたかもと感じたりして。

今村　小川さんの『琥珀のまたたき』を読ませていただきましたが、このときもそうでしたか。

小川　このときはもう、本当にだめだと思いました。主人公たちが閉じ込められちゃったときに、どうしたらいいのかわからなくなりました。

今村　私はママがすごく好きなんですけど、ママが最後に自殺したじゃないですか。これは最初から自殺するってわかってたんですか。

小川　わかってないです。主人公の琥珀がママがいないんだって気付いたのと同時ぐらいに、私自身も気付いた感じです。

今村　ママが死んじゃうんだって書きながら気づいた瞬間は辛くなりませんか？

小川　ママが死ぬこと自体は全然辛くないです。

今村　そうなんですか。私はママの自殺がショックでした。

小川　もちろん、かわいそうだし、気の毒です。ママは悪気のない人で、むしろ愛情に溢れすぎた人です。しかしママが死んで退場することが辛いんじゃなくて、そこへなかなかたどりつけない自分が辛いんですよ。書くことが辛いんです。体力的にも辛いし、わからないという状態に長くいなくてはいけないことが苦痛なんです。

　でもこれを読んでいただいたらわかるように、私はとにかく書きすぎるんです。子供の目に映ったことしか書かないという今村さん的な才能を私が持っていたら、また全然違う話になったと思います。この小説は閉じられた世界の話で、その閉じられた世界の中に詰まっているものを隅から隅まで、例えば、そこにオルガンがあるとすると、どんなオルガンかということを書きつくす。そうせざるを得ない性分なんです。今村さんとは、そういう点では対照的かもしれないです。

今村　そうかもしれません。あの、ちょっとうかがいたいんですが、小川さんは、失敗したな、と思われたことはありますか？

小川　それはもう、失敗作だらけです。編集者からの指摘で直すことはしょっちゅうあります。私は自分の意見というのがもともとあまりないんですよ。人がこうだというと「ああ、なるほどな」と思ってしまう。編集者からラストが弱いとか言われて直してしまう。しかも編集者の人に気に入ってもらえるように直しちゃうんです。自分がこうしたいっていうよりも。

今村　それはいつか言われなくなるんですか。

小川　いや、『琥珀のまたたき』のときも言われて、直しましたよ。でも嫌々直しているわけじゃないんです。私の体験からいうと、何か言われたときに、「いや、それは編集者が間違っているんじゃないか」と思っても、とりあえず一回直してみると、よりよくわかるんです。もしそれでだめなら元に戻せばいいわけですし。言われたことは一回やってみたほうが、自分も理解が深まるというのはあります。それを突っぱねるのもかなり労力がいることですからね。

先日の記者会見では、今回の受賞について、「うれしい」っておっしゃっていましたよね。

今村　はい。シンプルに喜びがあるだけです。

小川　こうやってデビューの時に初めて読んだ方が、どんどん賞をとられて活躍されていくのは選考委員をやっていていちばんうれしいことです。しかも、今日は今村さんの初めての対談の相手をさせていただいて光栄でした。今村ファンの人にもっとちゃんと聞けよと突っ込まれるんじゃないかと心配ですが。

今村　ほんとうにありがとうございました。

（二〇一七年十二月五日、大阪新阪急ホテルにて）

星《ほし》の子《こ》

朝日文庫

2019年12月30日　第1刷発行

著　者　今《いま》村《むら》夏《なつ》子《こ》

発行者　三宮博信

発行所　朝日新聞出版

〒104-8011　東京都中央区築地5-3-2

電話　03-5541-8832（編集）

03-5540-7793（販売）

印刷製本　大日本印刷株式会社

ISBN978-4-02-264940-9